TROIS JOURS CHEZ MA TANTE

DU MÊME AUTEUR

BUREAU DES ILLETTRÉS, *roman, 1992*
LE COURS CLASSIQUE, *roman, 1995*
ALERTE, *roman, 1996*
MOTEUR, *roman, 1997*
MONPARNASSE REÇOIT, *théâtre, 1997*
LA CONCESSION PILGRIM, *théâtre, 1999*
LE DRAP, *roman, 2003*
DIEU EST UN STEWARD DE BONNE COMPOSITION, *théâtre, 2005*
PRIS AU PIÈGE, *roman, 2005*
L'ÉPAVE, *roman, 2006*
BAMBI BAR, *roman, 2008*
CUTTER, *roman, 2009*
ENLÈVEMENT AVEC RANÇON, *roman, 2010* ("double", n° 87)
UN NOTAIRE PEU ORDINAIRE, *roman, 2013* ("double", n° 98)
LA FILLE DE MON MEILLEUR AMI, *roman, 2014* ("double", n° 103)
SANS ÉTAT D'ÂME, *roman, 2015*
TROIS JOURS CHEZ MA TANTE, *roman, 2017*
PAS DUPE, *roman, 2019*

Chez d'autres éditeurs

LA TABLE DES SINGES, *roman*, Gallimard, *1989*
PUDEUR DE LA LECTURE, Les Solitaires intempestifs, *2003*
CARRÉ BLANC, Les Solitaires intempestifs, *2003*

YVES RAVEY

TROIS JOURS CHEZ MA TANTE

LES ÉDITIONS DE MINUIT

www.leseditionsdeminuit.fr

ISBN 978-2-7073-4548-6

1

Il pleuvait. L'eau s'écoulait du toit en tôle sur la terrasse de l'école, couvrait le chant des enfants durant la pause, et s'infiltrait sous la porte. Je contemplais sa progression sur le sol, en flux continu, assis à mon bureau, devant la lampe éteinte, à redouter ma prochaine rencontre avec ma tante : elle avait soi-disant tant de choses à me reprocher.

C'était écrit dans son dernier message, accompagné d'une convocation chez le notaire, où elle annonçait l'arrêt de son virement mensuel. La privation de cette source régulière de revenu m'a donc conduit, ce matin d'octobre 2015, à traverser la route principale de Buchanan – Liberia, comté de Grand Bassa –, à réserver un billet d'avion aller-retour pour la France. Le temps de revoir ma tante et de rétablir ma situation financière.

À cela s'ajoutait un ennui administratif de taille, qui n'avait, lui, rien à voir avec ma tante :

depuis trois mois, la perte de mon agrément accordé par le Haut-Commissariat aux réfugiés, d'où la fermeture des crédits destinés à mon école et à ses dépendances.

Le lendemain, je pénétrais dans la salle d'embarquement, aéroport international de Monrovia-Roberts, après un long trajet sur la selle arrière de la moto pilotée par Honorable, mon surveillant d'internat, à qui j'avais confié les clés de l'école.

J'avais trois jours pour régler cette affaire d'arrêt de mes mandats postaux. Pas plus, pas moins. Retour en fin de semaine, vendredi, veille du jour où le délégué du Haut-Commissariat aux réfugiés viendrait inspecter nos installations, afin de statuer sur mon sort.

2

Peu après l'atterrissage, aéroport Saint-Exupéry, sitôt franchi le contrôle des douanes, j'ai appelé ma tante à son nouveau numéro. Elle avait quitté son appartement de la place Kléber, dans le sixième arrondissement, et habitait désormais une résidence pour personnes âgées, le Palais d'Asclépios, à l'ouest de la ville, rue Gaëtan-Lièvremont. C'est à cette adresse qu'elle m'attendait.

Mon timbre de voix, a-t-elle dit au téléphone, n'avait pas changé, elle l'aurait reconnu entre mille, me demandant s'il fallait en déduire que, sans courrier du notaire, et si elle ne m'avait pas coupé les vivres, je n'aurais jamais téléphoné.

Un taxi m'a conduit à la résidence, construite au milieu d'un grand parc. Il faisait anormalement beau pour un mois d'octobre. J'ai levé les yeux en attendant l'ouverture de la porte coulissante : les feuillages des tilleuls jaunissaient au soleil. Mon regard s'est posé ensuite sur une plaque de marbre : Inauguration de la résidence le 22 juillet 2008 par Gaëtan Lièvremont, sénateur, secrétaire d'État aux Anciens combattants et à la Mémoire. J'ai lu plusieurs fois de suite, le temps que la porte s'ouvre, la liste gravée dans la pierre des personnalités présentes ce jour-là.

Une auxiliaire de vie, Paméla, dont j'ai aussitôt remarqué les yeux verts, m'a conduit à l'étage. Elle m'a appris que ma tante revenait d'un long voyage en Floride, à l'occasion de la foire de design contemporain à Miami Beach. Elle a déclaré ensuite, avant de me quitter, sur le seuil de la chambre, que c'était une excellente nouvelle, cette visite, madame Novak parle souvent de vous...

3

Ma tante était assise au bord de son lit, face à la baie vitrée donnant sur le parc, et me tournait le dos. Mon premier geste, vite retenu, fut de me placer entre le lit et ces grands arbres du parc. Elle a dû cependant se rendre compte d'une présence dans son dos. Elle a demandé : C'est vous, docteur... ? Son visage était tourné maintenant du côté du mur.

Elle tenait un tube de rouge à lèvres qu'elle a posé, debout en équilibre, sur une tablette près du lit. J'ai songé : elle ne se souvient même pas de mon appel, il y a une heure, de l'aéroport. J'ai dit à voix basse : C'est moi, ma tante... je suis Marcello... tu te souviens... ? en me plaçant devant elle. Je crois qu'elle a murmuré mon prénom. Puis elle m'a demandé de baisser le store. Je l'ai fait, ce fut tout. Je me suis assis...

Ma tante a pris un verre d'eau sur la tablette, et remué le liquide avec une cuillère.

Le dépôt de particules blanches au fond du verre s'est agité en tourbillonnant. Elle a bu la moitié de cette préparation. Puis, j'ai demandé des nouvelles, songeant que cela faisait vingt ans. Tout de même...

Je lui ai demandé, si elle se souvenait de mon appel de l'aéroport, il y a une heure ou deux. Elle a dit, sans manifester davantage sa satisfaction de me revoir : Bien entendu, c'est évident, pourquoi me poses-tu cette question ? Elle a dit aussi qu'elle m'avait reconnu à mon pas quand j'étais entré dans la chambre. D'abord elle avait supposé que c'était son médecin, mais bien vite, elle avait compris. J'ai ressenti dans cette remarque comme un vague reproche d'être ici, alors que, pendant des années, elle n'avait cessé par lettre de réclamer ma présence. Je l'ai ressenti plus encore, quand elle m'a demandé pourquoi j'avais mis un temps si long à revenir.

4

Paméla est entrée, sans frapper. Visiblement familière de ma tante Vicky, mais sans pour autant l'appeler par son prénom, l'auxiliaire de vie s'est affairée dans la salle de bains. Quand elle est ressortie, je l'ai entraînée hors de la chambre : Je trouvais ma tante affaiblie, je lui ai demandé s'il me serait possible d'obtenir un bilan de santé, et à qui je devais m'adresser ?

La jeune femme a répondu qu'il ne fallait s'étonner de rien, les voyages, ça épuise. Elle m'a rappelé cependant que je devais tenir compte d'un fait important : Ma tante ne le manifestait peut-être pas, mais elle s'était réjouie de mon appel. Vous êtes son seul neveu, a-t-elle ajouté, vous le savez mieux que moi.

De retour dans la chambre, Paméla a demandé à Vicky si elle avait pris son médicament. Ne recevant aucune réponse, elle a rangé le tube de rouge à lèvres dans la salle de bains, reconnaissant, en se tournant vers moi, que madame Novak – je n'avais pas tort, même si je n'étais peut-être pas le mieux placé pour le savoir – manifestait effectivement certains signes de fatigue.

Ma tante semblait se réveiller. Elle a dit que ça allait très bien, que contrairement à ce qui venait d'être déclaré, elle ne ressentait aucune fatigue. Elle a remercié Paméla : Il serait peut-être temps maintenant de nous laisser tous les deux, soyez gentille, ma fille, vous voyez bien que je suis avec mon neveu.

Et, sans que je m'y attende, mais alors pas le moins du monde, elle s'est mise à parler, et, je dois le dire, ça a démarré très fort.

5

Je contemplais le paysage du parc, les feuillages, la pelouse et les massifs de fleurs desséchées – des hortensias, je me souviens –, où travaillaient les jardiniers, faisant remarquer à ma tante qu'elle avait de la chance. Là où j'étais, hier encore, les maisons de retraite, ça n'existait pas.

Vicky m'a rappelé que personne n'avait cotisé autant qu'elle aux assurances vieillesse. J'ai hoché la tête. Elle m'a redit : Marcello, tu dois te souvenir que l'argent ne tombe pas du ciel... J'ai répondu que j'étais au courant. Là-dessus, elle m'a demandé d'approcher : ... Une question à te poser, ça me travaille depuis un certain temps, comprends-tu : Elle voulait savoir si je me souvenais des conditions exactes dans lesquelles j'étais parti, il y a vingt ans. Et c'est là que je dis : ça a commencé très fort.

Pourquoi cette question ? Vicky connaissait parfaitement les circonstances de mon départ précipité de France, elle y avait contribué en faisant accélérer la fabrication d'un passeport de dernière minute. Faut-il ajouter que j'étais quand même son secrétaire particulier à l'époque ? Alors, autant mettre tout de suite des points sur les i : La réponse, ma tante, tu la connais. J'ai été contraint à ce départ, et je n'ai pas discuté... ! Mais, tu sais aussi que ça a toujours été mon intention, depuis l'enfance, voir du pays, travailler à l'étranger, monter ma propre affaire, tu l'as toujours su, allons !

C'était assez agaçant à la longue : ma tante n'avait-elle pas toujours dit à ma mère que je manquais d'esprit d'entreprise... ? qu'elle m'avait offert mon poste de secrétaire particulier dans sa fondation sur un plateau d'argent, alors que j'aurais dû commencer par le bas de l'échelle, c'était son expression... ? J'ai repris : Tu ne peux quand même pas, Vicky, me reprocher d'avoir trouvé du travail ailleurs, non ? toi qui m'as toujours traité de tire-au-flanc... ?

Marcello, je ne te reproche rien, s'est-elle rétractée. Tout le monde sait... même si c'est à des milliers de kilomètres... ton école, ton soutien aux enfants déshérités... Je t'ai aidé chaque mois, non... ? Mais, aujourd'hui, c'est autre chose, voilà... c'est à propos... te souviens-tu de mon directeur financier ?

J'ai réagi au quart de tour : Tu veux parler de Walter... ? alors, évidemment, s'il est encore question de Walter... ! Elle a cherché mon regard : C'est de lui que je parle, en effet... Mais, ma tante, c'est du passé, tout ça, non ?

Manifestement, ça l'énervait, ma réponse : Écoute, Marcello, si je ne peux plus te poser la moindre question, dans ce cas...

Eh bien, continue, s'il te plaît, ma tante. Ne te gêne surtout pas. Parle-moi de Walter. On ne s'est pas revus depuis vingt ans, toi et moi, je m'attendais simplement à une autre discussion... !

Elle s'est laissée glisser le long du matelas pour se mettre debout : On m'a dit, mais ne me demande pas qui me l'a dit, que tout ne s'est pas déroulé exactement comme on l'a cru le jour qui a précédé son arrestation.

Ça a fait office de déclic. J'ai aussitôt demandé si elle en avait parlé avec Gaëtan Lièvremont.

Elle m'a conseillé de laisser son ami de côté. Certes, elle avait besoin de Gaëtan pour mener ses affaires, mais pour l'instant, c'était elle qui parlait, pas lui... !

Je n'avais pas revu son ami Lièvremont depuis vingt ans, lui non plus. Par contre, j'avais lu son nom, en arrivant, sur la plaque de marbre au rez-de-chaussée. Ma tante a déclaré qu'elle était présente également, ce jour-là, avec d'autres donateurs. J'ai poursuivi : Je croyais que cette affaire Walter était enterrée, alors, de quoi s'agit-il, s'il te plaît, Vicky... ? Silence de sa part. J'ai repris (ça avait le don de me hérisser, son histoire) : ... Ton directeur financier, Walter, s'est fait arrêter il y a vingt ans, à la frontière suisse, une mallette contenant des liasses de billets dans le coffre de sa voiture. Il les transférait, sans les déclarer, évidemment, pour les placer dans un coffre, le sien, et pas le tien... Que veux-tu que j'y fasse ? On l'a inculpé quelques jours plus tard d'extorsion de fonds et de blanchiment d'argent. Alors, j'aimerais bien savoir où est le problème ?

Eh bien, figure-toi, Marcello, qu'il y a du nouveau...

Dans ce cas, de quoi s'agit-il, s'il te plaît, Vicky ? ai-je élevé le ton. Elle a joint les mains sur son visage, un court instant, pour réfléchir : Walter a purgé sa peine. Mais son avocat a introduit un recours, il a demandé une révision du procès, et le juge a rouvert le dossier. Walter, sache-le, a changé de système de défense, il prétend toujours qu'il a été dénoncé. Mais cette fois, il se dit en mesure de le prouver.

J'ai demandé à ma tante quel lien elle établissait entre moi, son ex-secrétaire particulier, et cette affaire réglée depuis si longtemps ? Elle n'allait quand même pas croire tout ce que racontait l'avocat de Walter... ? En retour, Vicky m'a demandé pourquoi j'avais accepté si facilement de disparaître à ce moment-là, alors que c'était contre mon gré. Ça me chiffonne, Marcello ! Tu ne peux pas savoir combien ça me trouble ! Aussi, voilà ce qui est nouveau : Walter a été dénoncé par lettre anonyme. Au procès, par contre, je me souviens, on avait simplement évoqué un coup de téléphone à la police.

Tu l'as vue, cette lettre ?... ai-je demandé.

Non, bien entendu. Pour l'instant, je n'ai pas le droit de consulter le moindre document.

Elle a extrait un mouchoir en papier d'une boîte. Ensuite, tamponné ses paupières. Elle a poursuivi, le mouchoir dans le creux de sa main, puis roulé en boule dans sa manche : Mon avocat l'a vue, la lettre, il a accès aux pièces du dossier... Qui est ton avocat, ma tante ? Gaëtan.

J'ai posé la question : Elle est comment cette lettre anonyme ? c'est mon écriture, peut-être ?

Pas d'écriture, Marcello... des caractères de différentes polices, découpés dans les journaux, majuscules, minuscules, assemblés et collés sur une feuille. Rien d'autre que le nom de Walter, la date exacte de son passage en douane de Genève, le lieu, Ferney-Voltaire, le numéro d'immatriculation, la marque et la couleur de sa voiture. Enfin, la mention d'une certaine somme en billets dans un sac de voyage. Et puis, des insultes, des insanités.

Et qu'est-ce que ça prouve ? Ça prouve, a répondu ma tante, que quelqu'un d'autre était au courant, donc Walter n'a pas agi seul pour truquer les comptes de la fondation.

6

Passé sur la terrasse, j'ai sorti de ma poche de veste le paquet de cigarettes cartonné, tiré d'une cartouche achetée en détaxe à l'aéroport de Monrovia. Le temps de réfléchir. J'ai déchiré le ruban de cellophane autour du paquet, tiré la languette en aluminium, j'ai pincé le bout filtre entre deux ongles, extrait la cigarette directement avec ma bouche. Briquet.

Évidemment, interdiction de fumer ! Vicky m'a conseillé de ranger mon paquet. Elle a dit qu'il y avait un parc, et si je voulais m'intoxiquer... J'ai, cependant – mes nerfs m'y incitaient –, aspiré plusieurs bouffées, coup sur coup, puis écrasé la cigarette sous le talon de ma chaussure. Elle a ajouté qu'elle me trouvait bien injuste à l'égard du sénateur Lièvremont, il avait beaucoup aidé pour faciliter mon départ. Grâce à lui, à ses relations, j'étais sorti du pays sans difficulté, passeport neuf en poche, et personne ne m'avait inquiété. L'affaire me concernant ne s'était pas ébruitée... dieu merci... – elle contemplait le feuillage du parc, le regard lointain... songeuse... s'attardant sur la cigarette écrasée au sol, au milieu des brins de tabac épars sur le béton peint de la terrasse... Et tout ça, grâce à qui ?... à ta tante, tu le sais, s'est-elle autodésignée, ta tante qui t'a toujours protégé, qui a su jouer au bon moment de son carnet d'adresses, mais qui se pose des questions aujourd'hui. Sois heureux, Marcello, que ta mère ne soit plus de ce monde. Qu'elle ne revive pas cette période de suspicion qui a pesé sur toi. Sur nous. Non, pas ce calvaire. Elle aurait honte.

Je me suis baissé pour ramasser le mégot et recueillir des brins de tabac non consumés dans le creux de ma main.

Vicky s'est réinstallée sur le lit, à même la couverture : Je n'ai que toi aujourd'hui, Marcello.

7

En quête d'un endroit où jeter les restes de ma cigarette, j'ai dit que je m'absentais quelques minutes, le temps de descendre faire un tour dans le parc. Vicky m'a indiqué d'un geste la présence d'une corbeille, au pied de sa table de nuit.

Ma tante, tout en parlant, m'a regardé jeter les brins de tabac : Elle se rendait compte, oui, que j'avais changé de vie en Afrique. À l'entendre, un doute subsistait cependant dans son esprit. Mais je ne parvenais pas à définir ce doute. Je savais seulement qu'il concernait mon départ précipité pour le Liberia. J'avais beau fouiller, je ne me souvenais pas avoir commis le moindre impair à ce moment-là. Mais en étais-je certain ?

Elle s'est déclarée heureuse, enfin, que je sois revenu. Ça ne pouvait pas me faire de mal de revoir du pays. Elle l'a dit au moment où je me baissais pour atteindre la corbeille. Puis, me considérant des pieds à la tête, elle a eu cette remarque : Mon costume de lin beige manquait d'élégance, il était même froissé par endroits, le creux des coudes et les manches, le haut du pantalon. Elle a voulu savoir si c'était tout ce qu'on trouvait à acheter au Liberia. Je l'ai interrompue : Ma tante, il y a des magasins de prêt-à-porter là-bas, tu devrais le savoir ! Mais elle a insisté : Ce costume venait d'une friperie.

8

Le parc s'étendait assez loin, surplombé par les immeubles alentour. J'ai marché un moment entre les bouleaux, le temps d'une nouvelle cigarette, parmi les feuilles mortes, goûtant au silence de ce milieu d'après-midi, à peine interrompu par le craquement des branches sèches sous mes pas. Puis, j'ai regagné la chambre.

Vicky était assise à la même place. Cette histoire d'habit acheté au Liberia ne l'avait pas quittée. Elle a fait allusion à mes nombreux costumes commandés par elle chez son tailleur, abandonnés lors de mon départ précipité. Elle a dit aussi que mes chaussures, une paire assortie à chaque costume, étaient restées au même endroit dans l'appartement de la place Kléber, où j'avais eu ma chambre quand j'étais étudiant, que ces ensembles vestimentaires n'attendaient que moi, me demandant à la fin, si j'étais toujours aussi peu exigeant à propos de mon habillement. J'ai laissé monter une quinte de toux, un mouchoir en papier devant la bouche, pour ne pas avoir à répondre.

J'ai pensé à ma mère, qui reposait à Hermenoncourt, là où j'étais né et où j'avais grandi. Sa sépulture, que je n'avais vue qu'en photo, se dressait sous un cyprès planté après la cérémonie. J'aurais voulu parler de ma mère avec Vicky, mais impossible. À la moindre évocation de sa sœur, ma tante dirait sa tristesse, malgré les années, de l'avoir perdue. Aussi, elle ne manquerait pas d'évoquer ce qu'elle avait toujours appelé le désarroi de ma mère face à mon départ.

Autant laisser courir dans ce cas cette nouvelle remarque sur l'aspect négligé et défraîchi de ma veste en lin. Je savais le soin extrême pris par ma tante à sa tenue vestimentaire. Je me suis souvenu, à cette occasion, des longs moments passés par elle devant le miroir dans la chambre de ma mère, quand je l'observais du corridor, enfant, masqué par l'obscurité : ma tante restait là de longues minutes, sa trousse de maquillage posée sur une chaise.

J'aurais pu à ce moment, debout dans sa chambre de la résidence, décrire une à une, et de mémoire, ses robes d'été.

9

Le soleil perçait les nuages. Vicky m'a demandé de tirer le rideau, mais j'avais déjà baissé le store à moitié. Elle s'est plainte de la lumière trop abondante. Je lui ai dit que c'était une simple éclaircie. Oui, mais, le soleil me fatigue, a-t-elle répondu en se relevant. Je lui ai conseillé le port de ses verres fumés. Une paire de lunettes de soleil était même disposée dans son étui, sur la couverture, à côté d'un journal. Mais c'était mieux selon elle d'obscurcir la pièce. Elle a tiré un pan du rideau. Il a fait très sombre soudain. J'ai dit : On n'y voit presque plus. Vicky m'a répondu que c'était plus agréable comme ça.

Tu devrais, a-t-elle annoncé après un instant, dormir cette nuit dans ton ancienne chambre d'étudiant de la place Kléber, tu y seras très bien, Marcello. Ton lit est toujours là-bas... ton secrétaire aussi... tous tes meubles... Elle m'a tendu le bras, que je la raccompagne à son fauteuil. Un châle était rangé sur le dossier. Je l'ai déplié et posé sur ses épaules. J'ai dit, ce faisant, que je pouvais très bien dormir à l'hôtel, je n'avais pas besoin de retourner place Kléber. C'est inutile d'aller à l'hôtel, Marcello. Elle a fouillé dans le tiroir de sa table de nuit avant d'en sortir les clés de son appartement.

Tu verras, ça n'a pas beaucoup changé. Ça ne te fera pas de mal non plus de retrouver ta chambre. En cas de problème, tu demandes à la concierge, sa loge est au rez-de-chaussée à droite. Je ne la connais pas, ai-je repris. Eh bien, tu feras sa connaissance.

Le jeu de clés a glissé dans ma poche : Très bien, puisque tu insistes, ma tante... Elle a dit que plus tard, je devrais trouver un logement... J'ai tu le fait que je repartais en fin de semaine. Puis elle m'a rappelé que nous avions rendez-vous chez le notaire le lendemain, à dix heures. Tu as reçu ta convocation ? J'ai sorti l'enveloppe : Oui, justement, parlons-en, ma tante...

Le smartphone a vibré dans ma poche, puis émis un signal sonore. Elle n'y a pas prêté attention. En revanche, elle a demandé si je comptais revoir mon ex-femme... Je parle de Lydia, a-t-elle précisé.

J'ai pris mon mobile, sans détailler la lecture

de l'écran, un appel de l'étranger, sans doute Rome, dans ce cas, ça ne pouvait être qu'un contrôleur du Programme alimentaire mondial. J'ai fait signe que je me rendais sur la terrasse. Mais je n'avais pas répondu à sa question concernant mon ex-femme : Oui, c'était évident, j'avais l'intention de joindre Lydia. Ma tante a hoché la tête, satisfaite. J'ai failli ajouter, entre deux mélodies du téléphone, que je ne voyais pas en quoi ça la regardait. Jusqu'à nouvel ordre, on peut être divorcés et se parler, non ? Mais, le téléphone. D'abord.

De la terrasse, j'ai aperçu un jardinier, sa débroussailleuse en bandoulière, et casque antibruit. J'ai porté le mobile à mon oreille. Le jardinier a enfilé une paire de gants pendue au mousqueton de sa ceinture, signe qu'il se mettait au travail, et j'ai craint pour ma communication, à cause du moteur de la débroussailleuse. Mais il a posé son outil sur l'herbe, devant un massif de lauriers, sans démarrer son moteur à essence. J'ai pris l'appel : Ici, Marcello Martini !

Ce n'était pas Rome, mais Honorable, mon surveillant d'internat. Il m'indiquait avoir fait bonne route au retour de l'aéroport, hormis l'éclatement de son pneu arrière à l'arrivée, juste devant mon bureau. Le téléphone, c'était aussi pour me confirmer la visite du contrôleur du Haut-Commissariat aux réfugiés, la date de samedi était maintenue, et j'ai dit : Heureusement qu'ils maintiennent, ils se prennent pour qui ? Aussi, j'ai demandé des nouvelles.

Il reste quelques enfants, a répondu mon surveillant. Ils logent pour une nuit encore dans le dortoir, avant de repartir pour la frontière... Donc, tout le monde se porte bien, c'est ce que tu es en train de me dire, Honorable... ? Tout est en ordre, monsieur Marcello, un seul problème : avec la banque, le directeur de l'agence de voyage s'est déplacé en personne, il dit qu'il n'arrive pas à obtenir le paiement de votre billet d'avion... Mais enfin ! Honorable ! me suis-je agacé, ce n'est pas difficile de se déplacer en personne, le bureau est en face de son agence, suffit de traverser la rue, cette histoire de billet d'avion, rien de grave, tu le fais patienter... Mais, dites, patron, j'ai avancé personnellement l'argent, par chèque, maintenant, je suis à découvert sur mon compte, et qui va payer les intérêts... ? J'ai soupiré : Bon dieu mais ce n'est pas possible, ces banquiers ! Honorable, il faut leur répondre ! Tu leur dis que tu ne payeras pas un centime d'agios, un point c'est tout ! Il ne faut surtout pas se laisser faire par ces gens-là, c'est tous les mêmes, tu sais... ! C'est peut-être tous les mêmes, comme vous dites, monsieur Marcello, mais c'est eux qui avancent l'argent et qui vous prennent les intérêts, et là, ils ne vont pas se gêner, faites-moi confiance... C'est impossible, enfin, Honorable ! Pas pour une si petite somme. Tu déraillles... ! Dans ce cas, patron, vous pourriez virer le montant de votre billet d'avion, aller-retour, sur mon compte bancaire, vous vous souvenez ? vous aviez promis de me rembourser immédiatement en cas de problème. Vous aviez dit aussi que l'argent allait entrer dans les caisses, suite à votre réunion en Europe... Mais, Honorable, il faut regarder les choses en face ! moi, je veux bien te rembourser, cependant tu sais comment ça se passe, le moindre virement, ça prend au moins une semaine, c'est systématique. Ne t'inquiète pas, j'ai une solution, tu peux prélever sur ta paie du mois de novembre, tu sais te servir de l'ordinateur, non... ? Bien entendu, monsieur Marcello, il n'y a pas de problème de ce point de vue, je sais ce que c'est qu'un ordinateur... Eh bien, Honorable, écoute-moi, je t'envoie par mail le code d'accès du compte de la coopérative scolaire, et tu te débrouilles, tu verras, ce n'est pas compliqué... Vous savez, patron, je suis d'accord pour utiliser vos données informatiques, d'ailleurs je ne vous ai pas attendu pour y penser, mais, puisqu'il est question de salaire, dans ce cas, je dois vous tenir informé, en fait, je ne suis plus rémunéré depuis le mois d'août, je ne vois donc pas comment je pourrais continuer sans salaire... Autant le préciser tout de suite, Honorable, on n'appelle pas ça un salaire, comme tu dis, mais une gratification... Je comprends, patron, mais, j'aurais voulu savoir si vous jugez positive l'issue de la réunion en Europe... ? Oui, c'est positif, tout va bien, Honorable, on va s'en sortir, j'ai mis en place de nouveaux projets, je t'en parlerai plus tard, le moment venu, pas le temps pour l'instant.

Dans le parc de la résidence, le jardinier reposait maintenant son jerrycan d'essence, revissait le bouchon du réservoir de sa débroussailleuse, avant de se remettre au travail... Je l'ai observé.

Vous êtes toujours là, patron... ? Oui, je t'entends, mais attention, on risque d'être interrompus d'un instant à l'autre par le jardinier, il va mettre sa débroussailleuse en marche... Je ne sais pas de quoi vous parlez, monsieur Marcello, ah oui, autre chose, je n'ai pas de nouvelles du contrôleur du Pam... De qui parles-tu, Honorable ? Je n'ai pas compris ce que tu dis : le quoi... ? Le Pam, patron ! Programme alimentaire mondial, bon sang, vous ne vous en souvenez plus... ? Bien entendu, je m'en souviens, pas la peine de le prendre sur ce ton ! Tu ne sais pas, Honorable, je vais te rapporter des cigares en détaxe, des cubains, et puis du rhum, sept ans de fût, et une bouteille de whisky, je les achèterai en duty free à l'aéroport, non, ne me remercie pas... À propos d'aéroport, patron, j'aimerais savoir si vous envisagez aussi de me rembourser l'argent emprunté avant le décollage, les dollars libériens dont vous vous êtes servi pour vous payer un café et acheter votre cartouche de cigarettes, vous vous rappelez... ? Bien entendu, je te rembourse... ! Vous savez, monsieur Marcello, j'ai vraiment besoin, cette fois, que vous me le rendiez cet argent, c'est pour ma famille... Aucun problème, Honorable, je téléphone directement au directeur du Haut-Commissariat aux réfugiés... Inutile, patron, je m'en suis déjà occupé, d'ailleurs, il faut que je vous dise, le contrôleur m'a répondu que je tombais à pic parce qu'il aura beaucoup de questions à vous poser, samedi... Eh bien, qu'il les pose ses questions... ! Disons, monsieur Marcello, que le contrôleur a l'intention de poser des questions nécessitant des réponses, pas comme la dernière fois... Et pourquoi a-t-il parlé de la dernière fois ? Honorable ? Tout s'est bien passé, que je sache... ? Oui très bien, monsieur Marcello, mais le contrôleur a insisté sur le fait qu'il avait besoin de lire des dossiers complets, il a précisé : pas des semblants de dossiers... Ça, c'est l'administration ! ils passent leurs journées à monter des dossiers et ils s'imaginent qu'on a le temps, nous, de remplir une fiche pour chaque enfant, je sais comment ils fonctionnent, ne t'inquiète pas, Honorable, ils les auront leurs documents.

La pétarade de la débroussailleuse a gagné la terrasse. Le jardinier s'affairait le long d'une plate-bande, devant le massif de lauriers, le visage caché cette fois par un masque de protection. J'ai annoncé à Honorable, en forçant la voix, main devant le téléphone, que je devais raccrocher et que je le rappellerais.

La porte à glissière de la terrasse était ouverte. Vicky avait sans doute écouté ma conversation. Je me suis dit alors que le prochain appel, je le passerais en anglais, car Honorable parlait cette langue, mais j'ai pensé en même temps que ma tante parlait mieux anglais que moi.

Selon toute apparence, cependant, Vicky était restée à sa place sur le fauteuil. Elle tournait les pages d'un dossier cartonné. À mon entrée, elle a laissé en suspens, entre ses doigts aux ongles vernis transparent, une coupure de presse, avec une photo. Malgré le papier jauni, j'ai reconnu le visage de Walter, tel que je m'en souvenais. C'est Walter... ? ai-je remarqué, comme ça en passant, ajoutant, désabusé : Tiens, je l'avais déjà oublié, celui-là.

Mais ma tante, elle, n'avait rien oublié. Elle avait conservé les documents sur l'arrestation de Walter et sur le procès... Elle a précisé, la coupure de presse craquelant entre le pouce et l'index : ... Procès où personne ne t'a vu, et j'ai rétorqué : Forcément Vicky, je ne peux pas être partout.

Elle m'a demandé de fermer la baie vitrée, à cause du bruit, déplorant que les jardiniers travaillent aussi l'après-midi. Elle s'en était déjà plainte à la directrice. Ma tante m'a fait signe ensuite d'ouvrir les rideaux, le soleil est moins fort, a-t-elle ajouté. Je lui ai demandé si elle consultait le contenu de ce dossier chaque jour, si elle n'en avait pas assez de revenir sur le passé. Elle m'a répondu qu'elle aurait encore une ou deux questions à me poser, mais en temps voulu. Pourquoi en temps voulu, ma tante ? Tu peux me parler maintenant !

Vicky n'a pas répondu. Elle réfléchissait... As-tu bien pris tes clés ? s'est-elle assurée. J'ai fait tinter le contenu de ma poche. Oui ma tante, tu les entends, tes clés.

10

Paméla a ouvert la porte pour demander si ma tante avait besoin d'aide. Son regard, devenu inquiet, s'est posé sur moi : Vous vous êtes disputés ? J'avais dû élever la voix sans me rendre compte. J'ai répondu : Nous avons eu une discussion, tous les deux. Elle a demandé si Vicky n'avait vraiment besoin de rien, s'étonnant de cette odeur de tabac blond. Je lui ai dit que ma tante avait besoin avant tout qu'on lui foute la paix. Alors, Paméla s'est tournée vers le couloir, elle a regardé à gauche et à droite, elle ne comprenait pas, s'est-elle troublée, que je lui réponde sur ce ton.

Ne partez pas ! l'ai-je rappelée, avec cette arrière-pensée que ce n'était pas le moment de me mettre le personnel à dos. Permettez-moi... en fait, ma tante aurait besoin d'un verre d'eau fraîche. Ça a dû rassurer Paméla : Tout de suite, monsieur. Cependant elle a jeté un regard furtif dans la chambre avant de se rendre à la fontaine située dans le couloir. Je lui ai précisé que je souhaitais une eau froide et non tiède. Elle est revenue, un gobelet en carton à la main. Ma tante l'a pris sans tourner la tête. Elle est restée assise, le carton serré entre les doigts. J'ai demandé à Paméla si la directrice aurait quelques minutes à m'accorder. L'auxiliaire de vie a éludé ma question. Son attention s'est portée de nouveau sur Vicky. Elle la trouvait particulièrement soucieuse. À son avis, ma tante avait besoin de repos. Ensuite, elle m'a demandé pourquoi elle ne buvait pas ? Vous m'avez bien dit qu'elle avait soif ? Puis : Je vais voir si la directrice peut vous recevoir. Laissez-moi dix minutes. Elle a refermé la porte.

L'eau n'était pas très fraîche. Ma tante, ai-je demandé, veux-tu que j'aille te chercher un autre verre ? J'ai pris le gobelet en carton et je suis retourné à la fontaine. J'ai changé de gobelet, me suis servi au robinet d'eau réfrigérée et retour. Vicky a trempé ses lèvres dans l'eau. J'ai insisté, d'un geste, pour qu'elle boive. Elle a humecté de nouveau ses lèvres, abandonnant une mince trace de rouge sur le bord du gobelet.

11

Dans son bureau, la directrice m'a déclaré avoir parlé longuement de moi avec ma tante.

Elle a consulté son écran, ajoutant que son établissement avait bien reçu ma demande de mise sous tutelle, envoyée du Liberia le mois dernier. Elle a poursuivi, c'est un sujet sérieux, jetant un regard à l'auxiliaire de vie, assise sur le côté, dont je me demandais ce qu'elle faisait là... J'ai interrompu la directrice, j'avais une question : Ne me serait-il pas possible d'obtenir un bilan de santé ? Ma demande a provoqué un léger sourire. Ma tante voyait le médecin trois fois par semaine, plus souvent, si nécessaire. Rien d'alarmant à ce jour, sinon une légère fatigue ponctuelle. Le bilan de santé, il va de soi qu'on me le procurerait sous peu.

Alors, j'ai déclaré qu'à la fin de l'entretien, avant de prendre congé, je profiterais avec plaisir de cette fin d'après-midi pour accompagner ma tante en promenade dans le parc, lui faire prendre l'air. La directrice m'a prévenu : Impossible que madame Novak sorte aujourd'hui. Trop de stress accumulé. La directrice a de surcroît exprimé sa réserve pour le lendemain. J'ai précisé avoir reçu une convocation chez le notaire, j'avais fait le voyage exprès. Douze heures de vol avec escale. Mais ça ne lui évoquait rien : Vous n'avez pas besoin de madame Novak pour vous rendre chez le notaire, a-t-elle remarqué. J'ai répondu : Si, justement... Ça tombait peut-être mal, mais j'avais besoin de ma tante.

La directrice est revenue sur ma demande de mise sous tutelle. Mon courrier avait suscité beaucoup de questions au sein de l'équipe dirigeante. Tout bien réfléchi, cette démarche n'était pas envisageable. Aucune raison, en effet, que madame Novak, qui avait toute sa tête, malgré quelques problèmes occasionnels, ne gère pas elle-même ses comptes, et j'ai demandé s'il en était de même pour sa fondation.

Sur ce point, a répondu la directrice, il me fallait consulter ma tante. De toute façon, a-t-elle précisé, une mise sous tutelle dépend du juge, seul habilité à prendre une décision. Et madame Novak a un avocat, qui gère ses affaires.

Elle s'est penchée par-dessus son bureau : à son avis, je ne pouvais rien espérer. J'ai répondu que je n'espérais rien du tout, j'avais seulement posé la question. Elle a modifié son propos : Vous êtes son plus proche parent... pas en ligne directe, car vous n'êtes pas son fils, je vous l'accorde, mais je comprends qu'après une si longue absence, vous vous préoccupiez du sort de votre tante, a-t-elle ajouté, paupières lourdes, me fixant avec attention.

Il ne me restait qu'à la remercier. Avec le sourire. Elle m'a prévenu une nouvelle fois : Si, demain, madame Novak manifestait les mêmes signes de fatigue, elle ne sortirait pas. Alors, je me suis réinstallé sur mon siège... : Et moi, je fais comment, si je dois me rendre chez le notaire ? Ça ne l'a pas embarrassée : Vous reportez votre rendez-vous, monsieur Martini, ce n'est pas difficile. Je lui ai redit la durée du voyage entre ici et Monrovia. Elle s'est tendue : Désolée, mais c'est comme ça. Je connais bien madame Novak, et je sais quand ça ne va pas très fort. La directrice a rappelé ensuite que Vicky faisait partie des donateurs, elle aidait beaucoup la résidence avec sa fondation. Votre tante est une femme énergique, mais nous devons la préserver de tout excès. À ce propos, a-t-elle poursuivi, j'ai oublié de vous poser la question, comment s'est déroulée cette première visite ? Bien ou mal... ?

C'était une allusion certaine à l'irruption de l'auxiliaire de vie dans la chambre. Paméla, toujours présente, n'a rien laissé paraître, sinon un battement de cils, et peut-être, m'a-t-il semblé, un regard en biais dans ma direction. J'ai réagi : Si on m'a entendu élever la voix, rien de grave, ça nous arrive de temps en temps, à ma tante et à moi. Vous savez, nous sommes très proches l'un de l'autre, depuis mon plus jeune âge... et je vais vous dire...

La directrice m'a coupé la parole : Elle avait un entretien hebdomadaire avec ma tante, des discussions approfondies. À la longue, elle avait fini par entrer dans l'intimité de sa pensionnaire... et elle se souvenait, oui maintenant qu'on en parle, ça me revient, monsieur Martini ! elle vous aide régulièrement, n'est-ce pas... ? Je n'ai pas répondu.

Alors, elle a repris : ... Je dois vous mettre en garde : votre tante a mis du temps à s'adapter au rythme de vie imposé par la collectivité, à sa nouvelle chambre, pourtant classée catégorie grand luxe. Il nous a même fallu, comprenez-moi, pour faciliter les choses, déménager certaines affaires personnelles et familières de son appartement de la place Kléber à la résidence.

Revenant à ses conversations, la directrice a ajouté que ma tante évoquait souvent ses années de guerre. Elle affirmait avoir été spoliée. Sur ce point, la récupération de ses biens, les œuvres d'art particulièrement, elle recevait l'appui moral et juridique de maître Gaëtan Lièvremont. J'ai répondu que ma tante avait surtout souffert de sa déportation. Les biens spoliés, ce n'était rien face à ce qu'elle avait enduré. Mais inutile de revenir là-dessus. Dans notre famille, ai-je poursuivi, on évite d'évoquer cette période de l'Occupation. Ça remplit des feuilles de papier, mais ça ne produit pas l'oubli, ça ne console pas. Ça provoque seulement la douleur. Et ça ne rétablit aucune vérité : ma tante a été dénoncée par son voisin du dessous, le marchand de chaussures. Elle l'a toujours su. Alors, s'il vous plaît, elle n'a pas besoin de revenir sur ce souvenir-là, sachez-le.

Une autre question me préoccupait cependant, qui n'avait rien à voir avec le passé. Ma tante recevait-elle de la visite ? La directrice a répondu, bien entendu, attendez... je regarde sur mon écran, le dossier visites... voilà... : Lydia Grégory. Si je comprends bien, c'est votre ex-femme... ? J'ai acquiescé. Elle a poursuivi : ... Lydia Grégory vient la voir, très régulièrement, jamais les mains vides. Toujours un bouquet de fleurs, ou une pâtisserie, quelque chose de délicat.

J'aurais voulu savoir à cet instant, mais j'ai pris garde de n'en pas parler, en quoi il était légitime que Lydia, mon ex-femme, vienne régulièrement rendre visite à ma tante, qui n'était plus sa tante d'ailleurs, puisque nous avions divorcé après mon départ et juste après la naissance de sa fille, ou de son fils, ça m'était égal. J'ai quand même pris soin de préciser que je n'avais jamais renoué avec Lydia, et, vu ce que je venais d'apprendre, je ne voulais de toute façon rien connaître d'elle, ni de son enfant, ça la regarde, ce ne sont pas mes affaires, voilà !

La directrice a voulu savoir en quoi cela posait problème que ma tante reçoive des visites. Monsieur Martini, ça lui fait le plus grand bien de voir du monde ! Dans cette maison, inutile de vous le préciser, la santé de nos pensionnaires reste notre premier souci. Je suis donc attentive à tout ce qui peut améliorer le séjour de votre tante.

Mais, Vicky, ai-je répondu, a suffisamment d'activité avec la fondation. Côté relations, elle est servie, non ? La directrice est restée pensive : C'est justement ce qui la fatigue, et c'est bien normal, à son âge. Nous devons le prendre en compte.

Alors, expliquez-moi, s'il vous plaît, quelles peuvent être les motivations de mon ex-femme ? Pourquoi venir chaque semaine voir ma tante ? Allons donc. Ne me dites pas qu'elle est désintéressée, je ne vous croirai pas...

Mais rien, cette fois. Aucune réaction.

En réponse à son silence, je lui ai demandé si Lydia avait accès à l'appartement. La directrice a réfléchi : Non, je ne crois pas, mais on ne sait jamais... Elle a clos l'entretien : Le mieux, demain, si madame Novak est en forme, serait de venir directement, et que vous repartiez en taxi, tous les deux, chez le notaire. En principe elle sera prête vers neuf heures, après sa séance de manucure du mercredi, suivie de l'heure de thalassothérapie. Vous n'avez pas visité nos salles de soins, monsieur Martini ? votre tante vous y emmènera faire un tour, vous verrez, c'est très confortable.

12

À dix heures le lendemain, après une nuit dans l'appartement de la place Kléber, sur ce qui fut un temps mon lit d'étudiant, je me présentais devant le hall d'accueil de la résidence, et gagnais les étages.

Paméla m'a annoncé que la directrice s'était trompée dans l'emploi du temps : Elle est désolée et vous présente ses excuses, monsieur Martini. Puis elle m'a tendu un téléphone : c'était la voix de Vicky : Marcello, je t'attends depuis au moins une demi-heure, devant l'étude du notaire, je me demande ce que tu fabriques. Heureusement, j'ai eu l'idée d'appeler. Aurais-tu oublié notre visite ?

Certes, je n'avais pas oublié ma convocation chez le notaire, mais n'avais aucun souvenir d'un rendez-vous devant l'étude. J'étais censé emmener ma tante en taxi, cela je m'en rappelais, l'heure aussi, je suis d'accord, mais, tante Vicky, ai-je répondu, désolé, tu ne m'as jamais dit que tu partais sans moi. Vicky n'en démordait pas, elle se souvenait parfaitement m'avoir indiqué, et l'heure, et le lieu de rendez-vous : Le notaire, Marcello ! son adresse est écrite sur l'enveloppe, tu peux vérifier : 110, place Trémollières, en face de l'arrêt de tramway, j'ai prévenu sa secrétaire que nous serions en retard. Ça me fatigue d'attendre, a-t-elle poursuivi, finalement, je vais prendre un taxi et rentrer.

N'en fais rien, surtout, c'est moi qui prends un taxi, et je te rejoins ! Elle m'a demandé si, dans ce cas, je pouvais lui apporter son parapluie écossais rangé dans la chambre, devant la porte de la salle de bains. L'orage menaçait. J'ai dit oui.

Paméla, restée à mon côté, a repris le téléphone. Elle m'a annoncé que ma tante se sentait mieux, d'ailleurs je venais d'en avoir la preuve. Madame Novak, a-t-elle dit, est sortie plus tôt que prévu. Elle a même pris le tramway. J'ai répondu que j'avais perdu l'habitude de vivre avec Vicky, mais rien ne me surprenait venant d'elle, il fallait seulement me laisser un temps de réadaptation. Je vais donc la rejoindre, notre rendez-vous est reporté. Tout va bien.

Tout va bien, vous avez raison, monsieur Martini, m'a accordé Paméla, le notaire est à deux pas de la station de tramway, suffit de traverser la rue. Sachez cependant que votre tante a des problèmes d'orientation, elle est capable de s'égarer à tout moment, alors, prenez garde qu'elle ne s'éloigne seule. Madame Novak, mieux vaut le savoir, ne se déplace jamais sans accompagnatrice. Aujourd'hui, c'est Corinne. Corinne a laissé votre tante à son endroit habituel, face à l'étude, station Trémollières. Dans ce cas, madame Novak a consigne de ne pas bouger. En règle générale, elle respecte cette consigne. Vous y serez en cinq minutes. Elle vous attend.

Paméla a effleuré le col de ma veste (son autre main en appui sur mon épaule) pour ôter, me suis-je rendu compte, un fragment de feuille séchée, recueilli sans doute le long des buissons dans ma traversée du parc en arrivant : C'est comme ça, monsieur Martini, il faut prendre ses précautions, mais, si ça peut vous consoler, je vous le rappelle, votre tante est heureuse de vous savoir là.

Il faut que je retourne dans sa chambre, ai-je rappelé. Vicky a besoin d'un parapluie. Voulez-vous m'accompagner ? Paméla n'en avait pas le temps. Je suis désolée, monsieur Martini.

Dans ce cas, vous pourriez nous rejoindre chez le notaire ? Qu'en dites-vous ? Elle a rangé le téléphone dans sa poche latérale, traversé le hall d'entrée. Je l'ai suivie du regard. Elle a poussé la porte de la thalassothérapie.

13

Vicky m'attendait sur un banc de la station Trémollières, parmi les allées et venues, au milieu des tramways. Elle s'est réjouie en m'apercevant à la descente du taxi. J'ai regardé l'heure, nous étions en retard, je lui ai demandé où était Corinne, l'auxiliaire de vie, censée lui tenir compagnie ?

Ah ! Corinne. Elle est partie faire des achats en attendant, comme d'habitude ! J'ai demandé, si elle trouvait normal que l'accompagnatrice la laisse seule aussi longtemps, mais Vicky n'a pas répondu. Elle a pris le parapluie écossais et s'en est servie de canne pour traverser les rails qui s'entrecroisaient à cet endroit de la chaussée. J'ai redouté qu'elle ne trébuche sur un aiguillage, ou sur le décrochement d'un trottoir. La circulation était dense. J'en ai voulu un court instant à Paméla de ne pas m'avoir prévenu d'un tel trafic. Seul point défaillant à mettre au compte de l'auxiliaire de vie, cependant. Question équipement, en effet, ma tante était habillée comme il fallait. Elle portait un ciré trois quarts doublé de laine polaire, un chapeau de feutre à plume de faisan, et, surtout, de confortables trotteurs en cuir jaune, à semelle souple.

D'abord, nous avons longé la façade en verre du Crédit Industriel et Financier, direction l'étude où nous avions rendez-vous. J'apercevais d'ici la plaque noire à lettres dorées du notaire sur la façade. Les grilles en métal se sont ouvertes. Vicky a pénétré dans un sas, et je l'ai soutenue lors du passage de la porte à tambour. Elle a traversé l'accueil, puis s'est dirigée vers une salle d'attente, ignorant l'agent de sécurité, costume sombre à galons, large sourire, venu à notre rencontre.

Le notaire nous attendait, assis derrière son bureau, document ouvert. Il m'a prévenu aimablement : La séance ne serait pas très longue... juste une question de signature pour madame Novak. Et pour vous, rien, monsieur Martini.

Ensuite, il a pris des nouvelles de ma tante, voulu savoir comment ça se passait dans sa nouvelle résidence. Ça va parfaitement, a répondu Vicky. Et notre Gaëtan Lièvremont ? Même réponse. Vicky a évoqué le risque d'un second procès, cité le prénom de son ancien directeur financier, et je crois qu'à cet instant, j'aurais aimé disparaître six pieds sous terre. Elle a ajouté à mon intention, un peu amère, qu'elle souhaitait poursuivre notre conversation de la veille. Les termes de son testament avaient changé. Je devais en être témoin : elle me déshéritait. Le notaire lui a rappelé : Il ne vous reste plus qu'à signer. Ensuite, il m'a demandé de patienter dans l'antichambre, où je suis retourné, sans mot dire.

Vicky m'a rejoint un quart d'heure plus tard. Elle a traversé la pièce, à la recherche d'un siège, avant de prendre place, après hésitation, sur un divan, en face de moi. J'espérais qu'elle me parle, mais ma tante n'a pas ouvert une seule fois la bouche durant tout ce temps. J'ai attendu. Enfin, elle a rompu le silence, un degré supplémentaire d'amertume dans la voix : La vie, c'est comme ça.

Que répondre ? Vicky a poursuivi : Je regrette d'en passer par-là, mais après ce que j'ai appris te concernant... Elle n'a pas terminé sa phrase. J'ai quand même demandé d'où venait cette décision ? De qui ma tante avait reçu des révélations si importantes... ? qu'elle en vienne à pareille extrémité ? Mais j'avais déjà la réponse : qui la voyait chaque semaine, sinon Lydia, mon ex-femme ? Elle a dit oui, Lydia est très assidue, mais elle n'a rien à voir là-dedans. Puis, elle a soupiré : ... Quand je pense que j'ai favorisé ta fuite à l'aéroport... ! avec la bénédiction de Gaëtan...

Cette histoire de dénonciation, inventée de toute pièce par Walter, c'est faux, et archifaux, me suis-je insurgé. Quelle preuve, d'abord, ma tante ?

Les comptes, Marcello, ça remonte un jour ou l'autre. Elle a dit aussi que j'avais été un voyou toute ma vie, un voyou à visage d'enfant sage. Maintenant, peut-être, avec l'âge... c'est différent... j'aurais changé... personne ne peut savoir... J'ai dit que j'avais fait le déplacement depuis Monrovia pour rien, ce qui ne signifie pas, tante Vicky, que je n'ai pas envie de te revoir ! Mais, reconnaissons-le, c'est beaucoup de temps. Ma tante a dit qu'elle me rembourserait le voyage. J'ai répondu que je n'avais pas besoin de son argent.

En revanche, je voulais savoir qui hériterait. Elle a remarqué que personne ne lui avait jamais posé la question, sauf moi. Mais elle pouvait me le dire, puisque j'y tenais tant : C'est très simple, Marcello, tu sais qui est Rébecca ?

Rébecca n'est pas ma fille ! ai-je répondu. J'ai demandé ensuite, si mon ex-femme venait la voir si souvent que ça. Elle a dit oui. Chaque semaine, deux fois, quand ce n'est pas trois.

Inutile de me faire un dessin, tante Vicky. Je te rappelle à ce propos que Lydia n'est plus ta nièce. Depuis longtemps. Depuis notre divorce. Silence. Quelques lourdes minutes plus tard, un clerc de notaire a traversé la pièce, parapheur sous le bras. Tu as signé... ? ai-je demandé. Vraiment signé ? Silence, encore.

J'ai déclaré que je me débrouillerais seul. De toute façon, je ne faisais rien d'autre depuis vingt ans. Elle est sortie de sa réflexion en me demandant si j'étais certain que, depuis vingt ans, je m'étais débrouillé seul ? Évidemment, ma tante. Alors elle a voulu savoir où je trouvais assez d'audace pour oublier ses envois mensuels – elle a précisé : réguliers, le premier de chaque mois. Jamais, Marcello, m'entends-tu, je n'ai manqué l'expédition d'un seul mandat.

Ensuite, sans me laisser le temps de m'expliquer, elle a demandé si je me rendrais sur la sépulture de ma mère. Elle a dit que j'avais laissé sa sœur mourir seule. Cette fois, j'avais mes arguments : Je n'avais pas laissé mourir ma mère seule, je n'étais pas là quand elle est morte, c'est différent. Je l'ai dit. Elle a repris : Tu n'étais pas non plus à l'enterrement. J'ai haussé le ton : Tu ne sais pas où j'étais le jour des obsèques, ni dans quelle disposition d'esprit je me trouvais ! Si tu n'es pas venu, a-t-elle rétorqué, c'est parce que tu craignais des poursuites, les voilà, tes dispositions d'esprit ! Pourtant, tu étais au courant qu'elle allait mourir, Marcello ! On ne meurt pas comme ça, de façon aussi imprévisible, ai-je répondu... Et puis plus rien.

L'atmosphère s'est encore alourdie. Après quelques minutes, elle m'a demandé si je voulais déjeuner. Comme je ne réagissais pas, elle a dit : Tu dois avoir faim. J'ai répondu non. Elle a posé de nouveau la question. Elle a poursuivi : Ne joue pas les victimes, Marcello, je te connais, je sais très bien que tu as faim. J'ai dit – car, oui, je me sentais victime de ma tante – que je me contenterais d'un morceau de pain, avec un gobelet de café. Il y a bien des distributeurs dans le coin, non ?

J'ai fouillé le fond d'une poche, trouvé deux pièces de dix cents libériens, soupesées avec insistance dans le creux de ma main, des dollars aussi, évidemment inutilisables, mais je n'avais rien d'autre, si je voulais faire illusion devant Vicky.

Ma tante, restée assise sur le divan du notaire, a suivi mon geste des yeux. Je me suis levé : Attends-moi ici. Il ne me faut pas plus de cinq minutes, le temps de passer à la croissanterie, derrière l'arrêt du tram.

Ce serait pourtant mieux, Marcello, s'est-elle entêtée, si nous allions ensemble au restaurant Jean-Claude Marion, ils y servent d'excellentes salades californiennes, très rafraîchissantes, tu sais ! Auparavant, tu adorais te rendre dans ce restaurant. J'ai tenu bon : Un morceau de pain me suffirait. Par contre, je pouvais lui prendre un croissant aux amandes, je sais que tu les adores, n'est-ce-pas ? Cesse de jouer les enfants gâtés, Marcello, nous allons déjeuner tous les deux. Un léger tremblement agitait sa voix. J'ai dit que j'avais l'habitude de la faim. C'était faux. Mais je savais qu'elle réagirait. Je lui ai rappelé – n'était-ce pas le moment ? – nos repas à la maison, avec ma mère, quand elle venait me voir enfant. Ça a suffi pour qu'elle se lève et déclare d'autorité : Allons déjeuner chez Jean-Claude Marion !

Nous avons rejoint la sortie, pour gagner directement la station de tramway, et ne pas se rendre, à son vif regret, au restaurant Jean-Claude Marion, car je m'y opposais toujours avec fermeté.

Marcello, a-t-elle dit en marchant, me tenant par le bras, pourquoi dis-tu que tu as connu la faim ? J'ai répondu, qu'en ce qui me concernait, ça n'avait aucune importance, mais pour d'autres, ce n'était pas pareil... De qui parles-tu ? Qui sont ces autres ? s'est-elle arrêtée de marcher. Je parle des victimes de la faim, c'est tout. Quelle chose inhumaine, Marcello ! Que se passe-t-il donc, là-bas ? Il ne s'y passe rien a priori, ma tante, qui puisse te rendre malheureuse. Mais je peux t'expliquer, si tu le désires.

Alors, j'ai décidé de parler des enfants.

Vicky abandonnait progressivement ses griefs contre moi. Sans doute, cela était dû à la décision qu'elle venait de prendre, me rayer de son testament. Elle a parlé de cette résolution qui allégeait le poids sur sa conscience. Dans le fond, et maintenant que l'affaire était close, elle préférait ne pas savoir pourquoi j'étais parti en Afrique.

J'ai rangé les deux pièces de dix cents dans ma poche. C'était le moment, contre toute attente, de revendiquer sa fortune. J'ai donc décidé de la convaincre. Que le dixième au moins de son capital me revienne. Que je sois toujours et toujours son neveu, seul et unique. J'étais revenu au pays pour cela, et rien que pour cela, car le reste ne m'intéressait pas. J'ai alors dit à ma tante : Si tu ne fais rien pour moi, tu pourrais au moins entreprendre quelque chose pour ces enfants.

14

Vicky était curieuse d'apprendre qui ils étaient, ces petits. J'ai répondu : Des garçons et des filles des pays voisins, qui fuient leur village à cause de la guerre et des massacres. J'ai pensé que ce serait plus convaincant, si je précisais la nature de ces massacres, j'ai donc dit : Massacres ethniques. Je recueille ces enfants. Avec moi, ils recommencent une nouvelle vie, ils reçoivent de la nourriture et une instruction. Je fais ça depuis vingt ans. Quand ma mère est morte j'étais dans la brousse avec un groupe de petits fuyards. Je ne savais pas qu'elle était mourante.

Ma tante a continué de marcher. Je lui ai demandé s'il ne lui serait pas possible de recueillir des fonds au bénéfice de ces enfants. Ce sont tous des petites victimes, je suis désolé, tante Vicky, de te dire des choses pareilles.

Elle a voulu savoir quel âge ils avaient environ ? Ça va de quatre ans à seize ans, au-delà ils deviennent des adultes, et ils nous quittent. Aussi ce qu'ils faisaient dans mon établissement ? Il y a l'école, le dispensaire, l'entretien du jardin, s'occuper des animaux, nous avons une famille de singes. Dès qu'ils le peuvent, les organismes humanitaires récupèrent ces enfants pour les remettre entre les mains de leurs parents, ou de leurs proches, ou d'autres membres de leur communauté, au cas où les parents seraient morts. Vicky s'est interrogée : Comment font-ils pour survivre, s'ils n'ont plus de parents, ni de famille ? J'ai répondu : À ton avis, ma tante ? Elle s'est émue : Mon dieu, est-ce encore possible, de nos jours ? Je lui ai dit bien entendu, c'est possible.

J'ai évoqué dans la foulée nos expéditions à la recherche des enfants dans les zones de guerre, les campements établis en pleine nature, les feux de camp et la viande de brousse, les rôdeurs, les boîtes de lait en poudre, les cartons de doses alimentaires et de médicaments.

Maintenant, ma tante, ai-je menti, ta décision de me rayer de ton testament ne m'étonne pas. Je peux même te le dire : je m'en doutais. Et si j'ai parcouru tous ces kilomètres, c'est avant tout pour parler avec toi, te prouver que j'ai changé. Je ne suis plus le même homme, qu'importe si Walter donne une autre version. Qu'importe, oui...

15

L'accompagnatrice, Corinne, patientait sur le trottoir de la station Trémollières. Elle est venue à notre rencontre : Tenez, madame Novak, votre achat, le livre pour Paméla. Elle a tendu un paquet cadeau à ma tante qui lui a demandé si c'était un bon choix, lui rappelant que Paméla ne lisait que des romans d'amour, et Corinne lui a répondu que celui-ci, c'était aussi un roman d'aventures. Ça se passe au bord de la mer, c'est un décor enchanteur. Corinne était donc certaine qu'il plairait. En ce sens, a-t-elle poursuivi, ma tante, qui offrait souvent des romans aux membres du personnel, ne s'y était pas trompée, elle connaissait bien les goûts de Paméla.

Avant de pénétrer sur le quai de la station Trémollières, Vicky m'a demandé si j'accepterais de l'accompagner, le lendemain matin, à la rencontre des administrateurs de la fondation, pour un déjeuner, là aussi au restaurant Jean-Claude Marion. J'ai accepté.

Ensuite, elle m'a proposé de dormir chez elle les nuits suivantes, le temps que je reparte. Elle se doutait bien, en effet, que je ne tarderais pas à prendre l'avion du retour, aussi, cela m'éviterait de payer l'hôtel. De son côté, ça l'arrangeait, car elle craignait la présence de cambrioleurs. Elle m'a donné la consigne de vérifier une à une chaque ouverture, y compris celles donnant sur les toits et les issues de secours.

Le tramway était à quai. Corinne a entraîné ma tante et elles se sont éloignées. J'ai rappelé à Vicky, en guise d'au revoir, la nécessité d'aider ces enfants dont nous avions discuté. Nous en reparlerons demain, m'a-t-elle promis. Le reste était inaudible. Trop d'agitation. Alors, je l'ai rejointe, pressant le pas, parmi les voyageurs qui accédaient aux portières. Elle m'annonçait, poursuivant la conversation, que son appartement serait en vente sous peu. Gaëtan avait fait le nécessaire, déménagé les papiers de la fondation. Le bureau de ma tante était vide, mais, sait-on jamais. Elle me priait donc de vérifier, si rien n'avait été oublié de ses papiers administratifs, en me glissant quelques billets de banque dans le creux de la main. J'ai supposé que ce geste, c'était par habitude, de la même manière qu'elle récompensait le personnel de la résidence avec des pourboires, voire des romans d'amour.

Ce n'est pas utile, ma tante, lui ai-je rendu les billets, mais elle a retiré sa main, et elle m'a demandé si je comptais rentrer à pied place Kléber ?

En fait, ça m'a mis de bonne humeur de conserver les billets. Son geste me rappelait enfant les cadeaux offerts par ma tante à chaque visite au début des vacances. J'ai de cette façon éprouvé le sentiment que tout rentrait dans l'ordre.

Le tramway est ainsi reparti sans ma tante, ni son accompagnatrice, et Corinne a manifesté son impatience. Mais déjà, Vicky en profitait pour me rappeler que je devais me rendre sur la sépulture de ma mère. J'ai dit oui, et j'ai posé la question concernant l'appartement : Que ferait-elle du produit de la vente ? Ma tante a promis d'y réfléchir. Aussi, revenant sur le fait que je devais avoir faim, elle voulait savoir où j'allais déjeuner. J'avais pris le matin un gobelet de café noir dans un Burger King, l'endroit était donc tout trouvé.

Le tramway suivant s'est annoncé. L'auxiliaire de vie a attiré doucement ma tante vers elle. Vicky a encore eu le temps de me dire qu'elle se sentait mieux maintenant. Cette promenade chez le notaire lui avait fait du bien.

Au revoir, à demain, sans faute, lui ai-je fait signe, le temps de traverser la place pour gagner l'autre quai, direction le Parc olympique, sans trouver de place assise. Normal, à cette heure. Le téléphone a vibré dans ma poche. C'était Honorable. Connexion défectueuse. J'ai perçu le mot banque parmi les bourdonnements et les parasites. J'ai dit : Mais enfin, Honorable ! tu ne comprends pas que je suis en tramway, non ? J'ai coupé la communication au moment de quitter la station, face au Burger King, à deux blocs de la place Kléber.

16

L'appartement occupait le dernier étage de l'immeuble. J'en ai rapidement fait le tour, vérifié portes et fenêtres, comme Vicky l'avait demandé.

Ses dernières paroles agitaient encore mon esprit : n'avait-elle pas précisé que Gaëtan Lièvremont avait déménagé les dossiers administratifs de la fondation ? oui, d'accord, ai-je réfléchi, mais les papiers personnels de ma tante ? non. Autant s'assurer, dans ce cas, que personne ne mettrait la main dessus.

Car je n'oubliais pas que l'avocat de Walter, supposition légitime de ma part, ne se lançait pas sans motif dans une demande de révision. On laisse toujours derrière soi des papiers compromettants. Et, en cas de perquisition...

En outre, je connaissais Walter, je le connaissais même très bien. Là aussi, je ne devais pas compter sans lui. Depuis notre rencontre, due au hasard, dans un compartiment du

Strasbourg-Vintimille, nos liens d'amitié n'avaient cessé de se resserrer, ensuite ce fut son embauche, sur mes conseils, par la fondation, enfin son accession au poste de directeur financier. Ce qui m'avait séduit chez lui, la première fois : sa façon de parler au contrôleur de la SNCF, son assurance quand il lui avait remis, aimablement, un billet de train dérobé au départ de Strasbourg dans un sac à main. L'impression avec lui que tout était possible.

Je ne devais pas perdre de vue non plus que j'étais parti, vingt ans plus tôt, dans la précipitation provoquée par l'arrestation de Walter à la frontière helvétique. J'avais laissé derrière moi des papiers personnels, que l'avocat de Walter, en cas d'enquête, et s'il mettait la main dessus, ne manquerait pas d'utiliser. Dire aussi que je n'avais pas une grande confiance dans les capacités du politicien Gaëtan Lièvremont.

Aussi, et sur le peu de temps disponible avant mon vol retour, je devais m'assurer que ma tante n'aurait pas glissé dans un de ses livres, – c'était son habitude ! aussi extraordinaire que cela puisse paraître – une enveloppe contenant une de mes lettres, ou un papier quelconque. Enfin, l'opération terminée, tout remettre en place.

Donc, nouveau tour du propriétaire : à l'exception de la cuisine, de l'office, du dressing, de mon ancien cabinet de travail et des deux salles de bains, les rayons couverts de livres occupaient la majeure partie des murs. Contrôler l'ensemble, volume par volume, représentait un certain nombre d'heures.

Par contre, inspecter le meuble de bureau n'a pas pris de temps. J'ai fouillé les tiroirs, auxquels j'avais eu accès auparavant en tant que secrétaire particulier de Vicky, dont certains qui ouvraient avec des codes, au même titre que le coffre-fort dans une des chambres à coucher. Ma tante avait toujours dit, j'admire l'excellente mémoire de mon neveu, il se souvient de tout, c'est pourquoi je lui communique oralement l'intégralité de mes codes, dont celui de mon coffre-fort. Je les détruis ensuite. Lui seul est en mesure de retenir instantanément une combinaison à douze chiffres. Moi-même, j'en suis totalement incapable.

Rien dans les tiroirs du meuble de bureau. Gaëtan Lièvremont était passé par là. J'ai observé, par ailleurs, que les dossiers de couleur marqués foire d'art contemporain Art Basel Miami, liés au récent voyage de ma tante, s'empilaient sur le meuble.

J'ai ouvert une à une, simple curiosité, les chemises de carton souple, et feuilleté les documents. Auparavant, c'est moi qui aurais consulté les dossiers et conseillé ma tante sur tel ou tel achat, telle ou telle galerie d'art. Mais aucun regret. Je les ai reposés à leur place, devant la fenêtre, ouvert les rideaux. La vue s'étendait plein sud, en direction du quartier Confluence, sur des tours aux façades miroitantes.

Les rayons des bibliothèques s'élevaient du sol à la frise sous plafond. J'ai contemplé l'ensemble, le salon, les trois chambres. J'ai calculé que j'y passerais la nuit. Je m'y prendrais donc étage par étage, rayon par rayon, de haut en bas : monter sur l'escabeau, tirer par le dos chaque volume, le feuilleter, le retourner, le ranger. J'ai fait un essai : j'ai vidé un rayon, puis un autre, à l'étage, sans me soucier de remettre les volumes en place. Les livres jonchaient le parquet au pied du meuble. À noter, et ce n'était pas négligeable, vu l'état de mes fonds : j'étais en droit d'espérer – autre manie de ma tante – la découverte de billets de banque glissés entre deux pages, qui me permettraient de payer l'agence de voyage libérienne au retour. Mais avant toute chose, question papier compromettant : le coffre-fort, au fond de l'armoire murale de la chambre bleue.

La combinaison à douze chiffres, droite... gauche... de mémoire. La moindre erreur, et la serrure se bloque. Chaque manipulation, un léger déclic : enfin, le coffre s'est ouvert. Il contenait des titres de propriété, des certificats d'authenticité d'œuvres d'art – ces documents, je m'en souvenais. Ma tante, quant à elle, en avait sans doute oublié l'existence... Mais, parmi les certificats : l'enveloppe kraft, abandonnée en catastrophe, mise en sécurité, vingt ans plus tôt, le jour de ma fuite. Longtemps, je m'en étais voulu de ne pas l'avoir brûlée sur-le-champ.

J'avais pourtant pris toutes les précautions ce matin-là, jour de l'arrestation de Walter, effacé le moindre indice. Mais pas l'essentiel. Je disposais alors de quelques heures pour quitter le territoire. On m'attendait à l'aéroport, avec un passeport neuf et un billet d'avion. Taxi devant l'immeuble, moteur en marche, portière ouverte. Soudain, dévalant les étages, j'ai pensé à l'enveloppe kraft au fond du tiroir central, dans le secrétaire de ma chambre d'étudiant. J'ai remonté quatre à quatre les escaliers. Pas le temps de la brûler, de faire disparaître les cendres. Pas question non plus de laisser quoi que ce soit traîner dans mes poches, en cas d'interpellation à l'aéroport. J'ai enfermé l'enveloppe dans le coffre, là où personne n'irait la chercher, d'autant que j'étais seul à posséder le code.

Mais là, aujourd'hui, sans témoin, dans la

chambre à coucher de ma tante, je ressentais un vif bonheur, après vingt ans, enfin, de la tenir, cette enveloppe. Je me suis précipité dans la cuisine, je l'ai posée sur un cendrier pour y mettre le feu avec mon briquet jetable.

Mais... du bruit dans le bureau, quelqu'un qui marche sur les lames de parquet. J'ai repris l'enveloppe. Le briquet est tombé sur le carrelage, il a rebondi, j'ai voulu le saisir au vol, par réflexe, j'ai regardé dans la pièce voisine... : Lydia.

Comment est-ce possible ? Qu'est-ce que tu fais là ?

Mon ex-femme est entrée dans la cuisine. J'ai pris l'autre porte, en direction du bureau, l'enveloppe sous ma veste, à l'abri de son regard. J'ai ouvert la première chemise en carton qui me tombait sous la main : foire d'art contemporain Art Basel Miami, glissé l'enveloppe kraft parmi les documents.

Retour dans la cuisine. Lydia allumait une cigarette. Elle m'a souri : Tu ne m'en veux pas, si je t'emprunte ton briquet ? J'ai voulu m'asseoir, mais sans doute, il était préférable que je reste debout.

17

Appuyé contre le radiateur, j'ai attendu qu'elle poursuive. Mais Lydia jouait toujours avec le briquet. Mon embarras devait être visible, certainement, alors j'ai cherché dans le meuble de cuisine, étage supérieur, quelque chose à boire. Ma tante avait toujours quelques bouteilles de côté. Lydia a repris : Je n'avais aucune raison d'être inquiet.

Dans ce cas, ai-je dit en me baissant pour atteindre le rayon du bas, si je n'ai pas à m'inquiéter, autant en rester là – j'avais aperçu une bouteille. J'ai lu l'étiquette.

Adossée au mur, elle a dit qu'elle venait d'apprendre mon retour... Courte pause. Le temps de prendre une chaise, elle a dit aussi que j'avais certainement des choses à lui apprendre. J'ai répondu que non, je n'avais rien de neuf à lui annoncer, sauf une chose, peut-être, à lui demander : Ce qu'elle faisait ici ?

Je viens prendre des dossiers pour ta tante.

Je l'ai interrompue : Qui t'a annoncé mon retour ? la directrice de la résidence... ?

Non, Vicky.

L'image du coffre-fort ouvert a surgi quand elle a évoqué le prénom de ma tante. Les nouvelles vont vite... ai-je repris, histoire de faire diversion, en retournant dans la chambre bleue... je n'ai même pas eu le temps de m'installer, et te voilà déjà...

La porte du coffre s'est refermée dans un déclic sonore que j'ai couvert, par prudence, en demandant à Lydia, forçant la voix, si elle était employée par ma tante, et dans ce cas, à quel poste... ? et depuis quand... ? J'ai ajouté : Tu n'as pas perdu de temps, dis donc... Et je suis revenu dans la cuisine, simulant une certaine décontraction, mains dans les poches, conscient que, vu sa relation avec Vicky, je serais obligatoirement amené, un jour ou l'autre, sur le peu de temps que je passerais ici, à rencontrer Lydia. Alors, autant faire face.

Bien calée sur sa chaise, mon ex-femme a répondu qu'elle n'occupait aucun poste, elle rendait seulement service à ma tante, de temps en temps. Elle a reposé sa question : Mais, toi, Marcello, j'ai l'impression que tu n'as pas tellement envie de parler... tu n'as vraiment rien à dire ? Sa voix était posée, attentive. J'ai trouvé que Lydia n'avait pas beaucoup changé – toujours ce même ton. J'ai répété : Je n'ai rien à t'apprendre, Lydia... ! tout est comme avant.

Vingt années sans se voir, c'est ce que tu appelles être comme avant... ? J'ai retourné la question, j'ai demandé comment ça allait de son côté, et si ça marchait toujours avec Walter ? Lydia a répondu qu'elle ne le voyait plus. C'était fini entre eux. Depuis si longtemps.

J'ai haussé les épaules. Ça ne me faisait ni chaud ni froid d'apprendre qu'ils étaient séparés. J'ai seulement rappelé que Walter avait été son amant, et que j'étais le seul à l'ignorer à l'époque. Jusqu'au jour où... Je me suis ressaisi : Ces histoires, ça ne me regarde plus, tu sais, Lydia... c'est loin... très loin. Elle a repoussé sa chaise, avant de se lever : Pourtant, tu en poses des questions. C'est bizarre, non, pour quelqu'un d'indifférent ?

J'ai pris la bouteille. La capsule résistait, même en forçant. Enfin, je suis parvenu à la dévisser. Ensuite, j'ai avisé le meuble de cuisine. Tu ne pourrais pas sortir deux verres, là, juste à côté de toi, Lydia, s'il te plaît ?

Elle n'a pas bougé. Mais elle est revenue à ma réponse à propos de Walter : J'attendais une autre réaction de ta part, Marcello. Je m'aperçois que tu n'as pas changé, tu résous toujours les problèmes autour d'un verre, mais moi, ça ne m'intéresse pas. Ce genre de discussion, c'est fini, tu comprends.

J'ai répondu que je lui offrais simplement à boire, rien de plus. Aussi je n'avais rien d'autre à lui demander, deux verres, c'est tout. On peut en rester là, si tu veux, Lydia, tu permets quand même que je t'appelle Lydia... ? Puis : Je suis venu pour ma tante, ça ne va pas plus loin, et je repars dans deux jours. On n'était pas obligés de se voir, sache-le... Elle a voulu parler. Mais je l'ai fait taire : ... Laisse-moi continuer, Lydia... s'il te plaît... Écoute-moi : j'ai le sentiment que j'ai eu raison de venir, et ça, ça m'appartient. Que veux-tu de plus... ? Me poser d'autres questions... ?

Les deux verres à whisky n'étaient pas très loin, alignés dans le haut du meuble de rangement. J'ai avancé d'un pas, frôlé sa hanche et son épaule. Excuse-moi, Lydia. J'ai porté les deux verres en direction de la lumière, constatant quelques légers dépôts sur les parois, j'ai pris un torchon.

Lydia a attendu que je pose les deux verres plus ou moins nettoyés sur la table. Elle a dit : J'ai plusieurs questions à te poser, oui, mais il en est une qui passe en priorité. J'insiste là-dessus.

Eh bien, allons nous asseoir, Lydia, nous

serons mieux pour discuter, et je l'ai invitée à passer au salon.

Debout devant la fenêtre qui donnait, au loin, sur la tour AXA nouvellement construite, elle l'a enfin posée, cette question qui lui tenait tant à cœur : elle a demandé pourquoi je ne m'étais jamais soucié de l'existence de Rébecca ?

J'ai posé la bouteille et les deux verres sur le guéridon. Je me suis servi, j'ai remis la bouteille en place. J'ai bu. D'un trait.

Lydia restait debout, face à moi. Je lui ai fait signe que je l'invitais à m'accompagner, j'ai repris la bouteille, je l'ai servie, j'en ai profité au retour pour remplir mon verre aux trois quarts. Elle ne m'a pas quitté des yeux. J'ai répondu : Je ne vois pas pourquoi je demanderais des nouvelles d'une enfant qui ne m'est rien.

Son verre, elle l'a repoussé en s'asseyant dans un fauteuil, me faisant signe d'arrêter le service. À vingt ans, on n'est plus une enfant, tu devrais réviser tes notions de temps, Marcello, c'est une adulte aujourd'hui. Mais, dans le fond, ça ne m'étonne pas, ta réponse.

Ensuite, Lydia m'a rappelé qu'elle était en droit de demander que je reconnaisse ma fille, elle pouvait aussi exiger une pension alimentaire, rétroactive, d'ailleurs, elle avait entrepris des démarches. J'ai rétorqué qu'elle pouvait entreprendre toutes les démarches qu'elle voulait, Rébecca, je ne veux même pas en entendre parler, c'est clair... Et puis, autant dire les choses comme elles sont, en fait, sa fille n'avait pas besoin de ma pension alimentaire, elle était au-dessus de ça, allusion au testament.

Mais quelque chose me souciait : mis à part le fait qu'ils n'étaient plus ensemble, comme elle venait de me l'annoncer, je ne connaissais pas les termes exacts de la relation de Lydia avec Walter depuis leur séparation. Se voyaient-ils toujours malgré tout ? Et ma tante ? Ça me trottait dans la tête, ça agissait comme une zone d'ombre.

C'était donc l'occasion de lui demander, pour plus de précision, où elle en était, très exactement, avec lui. Nouvel échange. Lydia me répondrait quand je lui aurais expliqué les raisons de mon départ il y a vingt ans. J'ai ironisé, sa fille n'était donc plus prioritaire ? Ça n'a pas plu : C'est juste le contraire, a-t-elle rétorqué, il est toujours et avant tout question de Rébecca !

J'ai expliqué : Gaëtan Lièvremont, tu le connais... ? Elle n'a pas eu le temps d'acquiescer... eh bien, Gaëtan conseillait ma tante, d'un point de vue juridique, ça, tu le sais aussi.

On l'a prévenu aussitôt de l'arrestation de Walter, et comme ça, il a su que Walter avait donné mon nom. Ma tante m'a donc mis d'urgence à l'abri des enquêteurs. Gaëtan a pris un billet d'avion, j'ai suivi.

Pourquoi as-tu suivi ?

Je suis en train de te l'expliquer. Ma tante m'a dit, c'est provisoire, le temps qu'on t'oublie, Marcello. Tu es cité comme complice. On ne va pas laisser salir notre nom, ni celui de la fondation.

Mais, sache-le, Lydia, une bonne fois pour toutes, je n'ai jamais été mêlé à cette histoire. Sache aussi que ma tante m'accordait toute sa confiance. Ce que je sais, c'est que Gaëtan suivait l'affaire en direct, sur demande de Vicky, qui avait ma mère au téléphone à chaque nouvelle information donnée par Walter aux enquêteurs français durant sa garde à vue à la frontière. Vicky a accéléré la procédure pour mon passeport, fabriqué en un quart d'heure dans les bureaux de la préfecture, sur consigne de Gaëtan, remis en mains propres par son directeur de cabinet au passage en douane.

Silence. Lydia, restée pensive, a posé son verre, dont elle n'avait pas bu une goutte. Elle s'est levée, pour marcher, d'un pas tranquille, le long des chambres. Revenue au salon, elle a murmuré que rien n'avait changé, c'était toujours derrière moi ce même parfum.

Quel parfum... ?

De trahison.

Alors, là, Lydia, je t'interdis ! me suis-je insurgé. Elle s'est arrêtée, mains posées sur le dossier en velours d'un fauteuil, à contempler le rayon vide de la bibliothèque, les livres jetés au sol. Elle m'a demandé ce que je faisais avec tous ces livres. Et puis, le regard de Lydia s'est animé, elle s'est souvenue des habitudes de ma tante, de ses manies de cacher les lettres dans les livres, mais aussi les billets de banque. Elle l'a noté, parlé d'habitudes maladives liées à notre famille, regardé autour d'elle, d'autres volumes épars, sur le parquet : Tu aurais pu au moins les remettre en place, non ? J'allais le faire, me suis-je agacé.

Puis elle s'est enquise de la présence de cet escabeau déplié, les raisons de ce désordre, là, autour d'elle. On croirait au passage d'un cambrioleur. Si Vicky voyait ça ! Elle a levé la tête, observé l'autre rayon à l'étage, vidé de son contenu.

Mais j'étais en mesure de tout expliquer : Je suis venu pour ranger, chercher des papiers. Et quels papiers es-tu venu chercher ? Affaire de famille, Lydia, ça ne te regarde pas. Et moi,

Marcello, je ne suis peut-être pas concernée par tes affaires de famille, non ? Ou ne l'ai-je pas été un jour... ? Et Rébecca... ?

18

L'heure avançait. Je devais reprendre mon inventaire. J'ai quitté le voisinage du guéridon, le heurtant, faisant tinter mon verre contre la bouteille. Je me suis baissé pour ranger les livres. Son regard s'est posé sur moi. Elle m'a parlé. Manifestement, à l'en croire, nous n'avions plus grand-chose à nous dire.

Excuse-moi du peu, Lydia ! mais après ma convocation chez le notaire, franchement ! et puis : ... tu n'es quand même pas venue uniquement pour m'annoncer que c'était fini avec Walter ? et moi, je dis quoi... ? que je n'ai pas hésité, il y a vingt ans, à prendre le premier vol pour le Liberia, tellement ça me faisait plaisir de découvrir que ma femme avait un amant ?

Non, je ne suis pas venue pour te parler de Walter, m'a-t-elle répondu, mais pour prendre des dossiers. Et puis pour t'entendre dire, mais j'ai trop espéré sans doute, que tu désirais faire la connaissance de ta fille.

Sonnerie de mon mobile. Honorable. J'ai indiqué à Lydia d'un geste : Je prends, attends deux secondes... ! Je me suis rendu dans la chambre bleue. J'ai refermé la porte derrière moi. La voix d'Honorable : Monsieur Marcello... ? Je te rappelle tout à l'heure, Honorable. Mais, patron, c'est urgent... ! Eh bien justement, je rappelle très vite. Terminé.

Ne pas parler au téléphone devant Lydia. Qui patientait, debout au milieu du vestibule, dans son tailleur bleu marine. Elle a noué sur ses épaules un foulard aux couleurs chatoyantes. Et changé de ton : En fait, mes dernières paroles l'avaient poussée à réfléchir, Lydia voyait les choses autrement à m'entendre. Ainsi, m'a-t-elle proposé, elle pourrait se rendre utile pendant les quelques heures que durerait mon passage, avant mon départ pour l'aéroport. J'ai demandé, sans cacher ma surprise, en quoi elle pouvait se rendre utile ?

Parler à ta tante Vicky, c'est simple, non ? Mais de quoi veux-tu lui parler ? De l'Afrique, des enfants de ta mission, dans la brousse, elle m'a mise au courant. J'ai précisé : D'abord ce n'est pas une mission, c'est une école, ce n'est pas dans la brousse, c'est un endroit habité, en bord de route, pas loin de l'océan.

Lydia s'est de nouveau promenée dans le salon, de la fenêtre à la bibliothèque. Elle aussi réfléchissait : As-tu bien conscience, Marcello, que la situation a changé ? J'ai répondu que les cartes, aujourd'hui, n'étaient pas distribuées de la même façon, en effet... j'en avais conscience. Mais avant tout, je me rendais compte du poids pris par Lydia et sa fille dans l'existence de ma tante.

Le problème se posait par conséquent en ces termes : en soi, ce n'était pas un souci pour Vicky de mobiliser des fonds. Obtenir ces fonds était le but que je m'étais fixé en sortant de chez le notaire. Mais si je voulais atteindre ce but, je devais me résoudre à écouter mon ex-femme. Faire profil bas. J'ai dit, d'un ton faussement détaché : Ici, en tout cas, les nouvelles vont vite... ! Puis : ... Tu penses que Vicky pourrait t'écouter ? Elle t'écoute bien, toi, a-t-elle répondu. Vicky est émue par ton histoire de guerre et d'enfants que tu recueilles.

Une question, Lydia ! te connaissant, la chose est sûre, tu vas me demander un service en échange, et je ne suis pas certain de te rendre ce service, ici, je ne connais plus personne, j'ai perdu toutes mes relations.

Elle a regardé autour d'elle, poursuivant son tour d'appartement, d'un pas tranquille, la chambre à coucher de ma tante, porte fermée, mon ancienne chambre d'étudiant, ma mallette de voyage ouverte sur le lit défait. Plus loin, dans ce qui fut mon cabinet de travail, par la fenêtre, côté est, en deçà du périphérique, les reflets cuivrés du couchant sur la paroi d'une tour. Elle a constaté que j'avais vécu des années dans cette ville, mais je n'avais personne chez qui passer la nuit, et j'ai dit : On ne se refait pas.

Mais n'avais-je pas raison ? Lydia se préparait effectivement à me demander un service. D'abord, elle a voulu savoir quand je repartais exactement. J'ai dit, vendredi, assez tôt. Alors elle a repris sa place dans le fauteuil, tendu son verre. Je lui ai fait remarquer qu'elle était déjà servie. C'était bien la preuve qu'elle était préoccupée. Elle a dit : C'est important de savoir le temps dont on dispose... ! J'ai ouvert la fenêtre du salon, pour respirer l'air du soir. Tout est toujours important avec toi, Lydia.

Voilà ce que j'attends de ta personne, Marcello : en échange de mon appui, je veux que tu rencontres Rébecca, que tu lui parles au moins une fois, que tu lui dises pourquoi tu vis en Afrique.

Mais, ce n'est pas ma fille, Lydia ! J'imagine qu'elle vit avec Walter.

Lydia m'a précisé que bien avant la naissance, elle n'était plus l'amante de Walter. Elle a réaffirmé avec force que Rébecca n'était pas la fille de Walter. Elle m'a demandé si j'étais capable de l'entendre, de rassembler mes souvenirs.

Difficile de revenir sur le passé. Je l'ai dit. Aussi, Lydia, prétendre, comme tu le fais, que, depuis longtemps, tu n'étais plus avec Walter ne constitue pas une preuve. Donc, je ne te crois pas. C'est trop facile... Cependant, j'ai demandé où habitait Rébecca, et qui elle était, ce qu'elle faisait dans la vie.

De fait, Lydia a pris mes questions pour argent comptant, elle m'a répondu, un accent de soulagement dans la voix, que c'était mieux ainsi, et qu'elle parlerait à ma tante. Après la rencontre avec Rébecca, je serais libre d'agir comme je voudrais.

Sans hésiter, j'ai évalué en dollars, puis en euros, la somme nécessaire pour l'école. J'ai ajouté que mes crédits étaient coupés, ça devenait urgent, je ne pouvais me permettre de revenir à Monrovia sans, au minimum, un chèque d'avance.

Mais une question quand même, un petit quelque chose qui intriguait Lydia. Elle m'a demandé ce que je faisais exactement avec les enfants, là-bas. Cette question m'a alerté. Elle l'avait de toute évidence posée à Vicky, et Vicky lui avait répondu, ça ne faisait aucun doute. Donc Lydia savait : l'école, l'alphabétisation, les activités, le jardin et les animaux, les familles de singes du vétérinaire. Ça ne lui suffisait pas ?

Ne mélangeons pas tout, Lydia. Ce que tu dois retenir, pour l'instant, c'est que je traverse une mauvaise passe, mais que les choses vont s'arranger. Il faut le reconnaître, je le redis, un chèque de ma tante nous donnerait, à toute mon équipe et à moi, un sacré coup de pouce. J'ai dit aussi que ça permettrait de mieux travailler avec les associations humanitaires.

Quelles organisations humanitaires ? m'a demandé Lydia. Je lui ai servi les noms les plus médiatiques, ensuite j'ai dit que c'était moi qui gérais les fonds sur place. Je lui serais reconnaissant, de ce fait, de prendre toutes les précautions avec ma tante, d'abord vérifier la validité du chèque. Aussi, ce n'était peut-être pas la peine d'en parler, par exemple, à Gaëtan Lièvremont. Lydia a haussé les sourcils, Gaëtan n'avait rien à voir là-dedans, il avait assez à faire avec l'avocat de Walter.

Mais ce n'était pas tout, je lui ai fait part de mon souci, je trouvais ma tante particulièrement fatiguée, elle avait besoin d'aide, qu'on lui simplifie la vie, je suis donc revenu à cette évidence : un chèque, en une seule fois, c'était idéal. J'ai rappelé que je devais accompagner

Vicky, je l'avais promis, au restaurant Jean-Claude Marion, elle veut me présenter à ses administrateurs, je dois m'y rendre demain.

19

Lydia a gagné le bureau, pris possession des chemises en carton souple foire d'art contemporain Art Basel Miami. J'ai compris alors qu'elle embarquait l'enveloppe kraft dissimulée dans les dossiers. Je devais absolument récupérer cette enveloppe. J'ai demandé, dans le but de ralentir son départ, quand on se reverrait. Elle a dit : Demain, on se voit, et je te conduis vers ta fille. J'ai eu de nouveau un signe de dénégation, j'ai répondu : Je suis d'accord pour venir, mais ce n'est pas ma fille.

Par acquit de conscience, et parce que je sentais qu'un point m'échappait, tellement les choses, soudain, devenaient faciles par rapport à ma tante, je lui ai demandé pourquoi elle me rendait ce service.

Pour Rébecca. Uniquement pour elle. D'ailleurs, a-t-elle précisé, la partie n'est pas encore gagnée. Nullement évident que Rébecca accepte de te rencontrer. Elle n'est même pas au courant de ton retour. J'ai soupiré : Surtout si elle sait qu'elle ne me reverra jamais, je n'en vois pas l'intérêt.

Qu'en sais-tu, Marcello ? Que tu ne veuilles pas revenir, j'en suis convaincue, ou alors très rarement, je ne vois pas en effet ce qui pourrait t'attirer ici désormais. Mais, d'un autre côté, Monrovia, ce n'est pas si loin par avion, Rébecca pourrait changer complètement d'avis, sauter du lit un beau matin et décider de prendre le premier vol. Tu ne peux pas savoir ce qui se passe dans la tête d'une fille à la recherche de son père.

Tout de même, Lydia, tu y vas un peu fort ! Aussi j'ai demandé si Walter savait que j'étais en ville. Elle a dit, ouvrant la porte du vestibule d'une main, au risque de laisser glisser les dossiers Art Basel Miami serrés dans ses bras, qu'elle l'ignorait.

Ça m'était complètement égal de le croiser ou non, son Walter, il ne me faisait pas peur. Je me suis approché. J'ai saisi la pile de dossiers contre sa poitrine. Lydia a esquivé mon geste en retenant la porte avec son coude et s'est glissée sur le palier. C'est très gentil, Marcello, mais je peux faire seule ! J'ai alors compris qu'il me serait difficile de récupérer l'enveloppe kraft.

Lydia m'a demandé si je me sentais capable

de parler avec Rébecca. J'ai répondu : Chaque chose en son temps, Lydia, d'abord, tu dois convaincre Vicky. J'ai pris le soin de rappeler que ma tante était d'un caractère lunatique, elle changeait facilement d'avis et tout pouvait m'échapper, du moins son chèque, c'était même parfaitement envisageable.

Je me tenais contre la porte ouverte du vestibule, et Lydia descendait les deux premières marches des escaliers. Je te l'accorde, Marcello, a-t-elle concédé, il y a aussi ses accès de fatigue, le fait qu'elle perd parfois le sens de l'orientation, qu'elle ne sait plus exactement ce qu'elle dit. J'ai rectifié : Ne t'y trompe pas, Vicky donne peut-être des signes de lassitude, mais malgré cela, elle sait ce qu'elle dit, et, rien à craindre, elle est parfaitement capable de prendre des décisions. Y compris chez son notaire. Je viens d'en faire l'expérience. Tu vois ce que je veux dire... ? Puis, me préoccupant de l'enveloppe kraft : Écoute, Lydia... enfin... ça me peine de te voir avec tous ces dossiers, ça t'encombre. Laisse-moi t'en débarrasser, je les descends jusqu'à ta voiture !

Ça l'a étonnée, ma proposition de l'accompagner : Ne t'inquiète pas pour moi, Marcello, la voiture est juste en bas, je ne l'ai même pas mise au garage. Je me dépêche, ta tante m'attend. Tu sais, la foire de Miami, c'est son voyage préféré, je crois qu'elle a hâte de consulter ces dossiers.

Eh bien, justement ! – et c'est ce qui a dû énerver Lydia : ma main glissée entre le creux de son coude et la soie du foulard couvrant le revers de son col, ce geste : vouloir à tout prix prendre les dossiers. Elle s'est raidie. Je te remercie, Marcello ! Je n'ai pas besoin de toi ! Elle a descendu deux autres marches.

Ça m'est venu naturellement : l'inviter à prendre un verre au KFC, ou un sandwich, je n'avais rien avalé depuis mon passage au Burger King le matin. Tu sais, Marcello, je n'ai pas beaucoup le temps, mais que veux-tu à la fin... ? Elle a remonté une à une les marches. Je la sentais troublée par mon empressement. Attends, Lydia, je vais t'aider, je le répète, c'est trop lourd pour toi.

Non, s'il te plaît, Marcello, tout va bien ! Maintenant, ça suffit ! J'ai insisté. Le dossier du dessus a glissé de ses mains avant de s'ouvrir en éventail sur le palier. Les feuilles, échappées de leur chemise de couleur, tourbillonnaient au-dessus des marches. Je me suis précipité, à genoux, pour ramasser mon enveloppe kraft. S'il te plaît ! s'est-elle énervée, franchement ! Marcello ! toujours aussi maladroit ! et j'ai dit, encore à ses pieds : On va s'en occuper, ne te fais pas de souci. J'ai récupéré les feuilles volantes dans les escaliers, à l'étage inférieur, regroupé à la hâte les documents.

Les dossiers restants, Lydia est partie les reposer dans le bureau. Puis elle est revenue sur le palier recueillir les dernières sous-chemises éparses sur le sol. Son regard s'est alors fixé sur l'enveloppe kraft, que j'ai eu la maladresse de dissimuler tardivement sous le pan de ma veste.

C'est quoi cette enveloppe ? J'ai dit : C'est à moi ! Lydia s'est relevée, prenant garde de réajuster sa jupe, me fixant du regard : Ça ne peut être à toi, Marcello, ça a glissé avec le dossier !

J'ai répondu que non, je venais de retrouver cette enveloppe dans ma chambre. Souvenir de quand j'étais étudiant. J'ai dormi ici la nuit dernière, au cas où tu ne le saurais pas.

Lydia n'en croyait pas un mot. Peut-être, j'avais effectivement passé la nuit ici, dans mon ancienne chambre d'étudiant, mais cette chambre était vide, elle avait elle-même supervisé le nettoyage de l'appartement, sauf les livres, sauf le coffre-fort. Elle m'a demandé, à ce propos si je connaissais toujours le code du coffre.

Tu penses bien, Lydia, ça fait belle lurette que je l'ai oublié ! Elle a dit, notant au passage que ma tante ne se servait de toute façon pas de ce coffre-fort-là : Je trouve étrange la présence de cette enveloppe dans le dossier Art Basel Miami, étrange aussi que tu y tiennes à ce point. Viens voir un peu ici, Marcello, s'il te plaît. Elle s'est approchée de l'enveloppe, main tendue. J'ai dû élever le ton : Tu ne touches pas à ça... ! Tu m'entends... ?

Que se passe-t-il, Marcello ? Enfin ? Tu es bien nerveux... !

Nous sommes revenus dans le bureau. Elle a redit : Cette enveloppe fait partie du dossier, je l'ai vue tomber, elle appartient donc à Vicky, je n'ai jamais entendu parler de cette enveloppe, ça m'étonne, mais je suppose que ta tante l'a rapportée de Floride, sinon elle ne serait pas dans le dossier. D'autre part, si elle l'a rangée parmi ses documents, comme tout porte à le croire, c'est qu'elle y tient. Et j'ai dit : C'est à moi, cette enveloppe kraft.

Dans ce cas, Marcello, il faut me le prouver.

Je n'ai rien à prouver.

Mais, moi non plus, Marcello, je n'ai rien à prouver, et je n'ai rien à cacher non plus... Qu'est-ce qui t'arrive... ? Ça ne va pas... ?

S'il te plaît, Lydia, tu ne te mêles pas de mes affaires !

À cet instant, j'ai compris que j'attisais sa curiosité. Mais que faire ? J'ai dit : C'est quelque chose d'intime. Ça m'appartient. Ça ne regarde personne d'autre que moi. Ce sont des lettres que j'écrivais à ma mère, voilà, ai-je menti en désespoir de cause.

Ah oui... ? c'est tout... ? Je l'ai sentie déçue. Elle attendait autre chose, une révélation.

Ouvre cette enveloppe, Marcello, a-t-elle poursuivi, et on n'en parle plus. Si elle n'appartient pas à ta tante, au moins j'en aurai le cœur net, et j'aurai la conscience tranquille.

Je n'échapperais pas à Lydia. J'ai pesé le pour et le contre. Me précipiter dans la cuisine, brûler l'enveloppe... ? ridicule. Elle ne comprendrait pas. L'essentiel était que ce pli ne tombe jamais entre les mains de ma tante, ni entre celles du juge. Donc, accepter le regard de Lydia.

Sans attendre un coupe-papier, j'ai décacheté l'enveloppe, telle que je l'avais laissée le jour de ma fuite, vingt ans plus tôt. Je l'ai ouverte en la déchirant dans sa partie supérieure, laissant tomber, en pluie de confettis sur le sous-main du secrétaire, des morceaux de papier qui m'ont évoqué une éclosion d'éphémères au bord de l'eau (enfant, nous en apercevions, ma tante et moi, en été, sur les rives du Lison). Lydia s'est penchée au-dessus du meuble. Elle a observé les carrés de papier, en a saisi un.

Tu vois, Lydia, ce n'est pas grand-chose. Beaucoup de bruit pour rien, tu ne trouves pas... ? Quelques malheureux morceaux de papier... Franchement...

Elle ne m'écoutait pas. Elle prenait les carrés un à un. Ils étaient de la taille de son ongle, elle les retournait, les alignait dans un ordre parfait sur la surface en cuir sombre du sous-main, une dizaine de carrés, et, en dessous, une autre dizaine, et encore une autre. Elle a dit : Regarde, comme c'est curieux... J'ai observé à mon tour, songeant : Lydia n'établira pas le rapport avec Walter :

Chaque carré contenait une lettre. Au fond de l'enveloppe se trouvait un minuscule tube de colle blanche desséchée, des gants de chirurgien accompagnés d'une paire de petits ciseaux. Lydia a constitué des mots, au hasard. Je lui ai dit, pour détourner son attention : On va dîner au KFC ? Elle a planté son regard sur moi : Ça, Marcello, c'est le matériel du parfait délateur, ça sert à écrire une lettre anonyme sans laisser d'empreintes.

J'ai rappelé à Lydia sa liaison avec Walter. Le seul qui ne s'en était pas aperçu, ou alors trop tard, c'était un certain Marcello. Tu le connais... ? Ça valait bien un petit courrier, non... ?

Lydia a posé le dernier carré de papier. Sans

un mot. Elle avait à faire et devait prendre congé. Cette fois, c'était définitif. Elle a renoué son foulard de soie. Alors, je lui ai demandé si on se reverrait le lendemain, quand elle aurait vu ma tante ! Enfin, tu oublies déjà, Lydia, que tu dois lui parler... ?

Toujours rien. J'ai repris, revenant à la lettre anonyme : Tu veux que je te raconte ? Ma surprise quand j'ai su... ? J'ai eu le temps de réfléchir, tu sais. Walter avec ma femme. Scénario de fou. Ça se mérite ! Oui, je l'ai fait, Lydia, je l'ai envoyée, cette lettre. Mais je vais te donner un bon conseil : faut pas t'arrêter à ces choses-là, tout ça, c'est du passé, rien que du passé, ça n'existe même plus. Tu devrais le savoir.

Léger tremblement de sa respiration : Ce n'est pas une affaire vieille de vingt ans qui me pose problème, Marcello, c'est l'envoi d'une lettre anonyme, a-t-elle dit en prenant la porte, serrant solidement contre elle les chemises cartonnées. Ça ne l'étonnait pas, dans le fond. Elle l'a dit. Maintenant, elle comprenait les soupçons de ma tante à mon égard, sa décision chez le notaire.

Ne va pas lui parler de cette lettre, surtout, ne fais pas cette folie ! On a assez avec Lièvremont ! Tu penses bien ! C'est toujours lui qui la conseille ! Qui la met en garde contre moi !

Lydia a traversé le vestibule. La porte s'est refermée. Je l'ai rouverte. Elle descendait les marches, suivant leur ligne courbe en large spirale. Ses talons hauts résonnaient déjà dans le hall du rez-de-chaussée, entre les colonnes de pierre.

Je me suis penché. Son foulard flottait sur l'épaule, le long de la rampe. Souviens-toi, Lydia, pour ta fille ! ai-je crié, c'est ta seule chance ! Dans deux jours, vendredi, je ne serai plus là ! Elle s'est arrêtée. Un court instant. Le claquement de ses pas a repris, s'est rapproché. S'amplifiant. Elle remontait les étages. Chaque marche, une à une. J'ai attendu dans le vestibule.

Vraiment, ai-je regretté, quel imbécile je fais, pourquoi avoir rangé l'enveloppe kraft dans cette chemise en carton ?

Mon ex-femme était là, en face de moi : elle m'a rappelé que Walter avait purgé cinq années de détention. Qu'il avait été sacrifié, et par qui... ? Ces cinq années, Lydia s'en souvenait. Ils n'étaient plus amants déjà, mais elle s'en souvenait. Tout cela me dégoûte, Marcello. Elle est repartie. J'ai dit, j'attends ton appel, demain... !

20

Immobile derrière la porte entrouverte, à l'écoute de son pas résonnant encore parmi les étages, je me suis revu dans mon cabinet de travail, penché sur la feuille de papier format A4, brucelles dans la main. À mes côtés, le texte de la lettre anonyme rédigé plusieurs fois de suite au stylo à bille sur un bloc-notes à en-tête de la fondation. Ensuite, le découpage laborieux des lettres prises parmi différents journaux, aussi dans les pages d'un livre de ma tante jeté plus tard à la corbeille, à l'abri des regards indiscrets de la femme de ménage.

Reprendre la construction de la phrase, qu'elle soit le plus clair possible, sans appel. Ne pas laisser d'empreintes digitales, d'éventuel cheveu retenu par inadvertance dans une pointe d'aiguille d'un milligramme de colle. Constater que manquent des lettres. Chercher d'autres journaux. Diversifier les revues.

Brouiller les pistes. Découper encore. Prélever et détourer des images pornographiques, petit format, dans des magazines de charme choisis parmi les gros tirages. Pour animer le texte. Souhaiter que ça tombe entre les mains de Lydia un jour. Pour la punir de m'avoir trompé avec Walter. Remettre le texte en ordre syntaxique. Le reconstituer une énième fois. Relire. Adopter le ton neutre. Sans tournure grammaticale particulière, susceptible de confondre l'auteur. Sans expression personnelle apte à trahir. Revoir le lexique. Traquer le tic de langue, la faute d'orthographe piège. Reprendre le dictionnaire. Relire le guide de la conjugaison, on ne sait jamais, même si l'orthographe de terminaison des verbes paraît évidente. Brûler le guide de conjugaison à la fin. Se débarrasser du dictionnaire et des revues dans une poubelle d'ordures ménagères du quartier au petit matin, cinq minutes avant le passage des éboueurs. Caché dans un recoin, guetter le fonctionnement de la broyeuse du camion de voirie. Éliminer toute trace. Anticiper la réception du texte. Recalculer l'heure approximative du passage en douane française de Walter, revérifier le numéro de la plaque d'immatriculation de sa voiture. Envoyer le tout à la police, brigade financière. Mais alors, il n'était pas question de fuite au Liberia. Uniquement la vengeance, dénoncer l'amant de ma femme.

21

En route pour le KFC... J'ai attendu dans le vestibule que le pas de Lydia ne se fasse plus entendre. Puis, j'ai enfilé ma veste.

D'un seul coup, ça m'est revenu : Honorable ! Bon sang ! J'allais l'oublier ! La porte du rez-de-chaussée s'est refermée en claquant. Lydia avait quitté les lieux. J'ai activé le numéro. Mais raccroché aussitôt, attentif au ronronnement du moteur, pour m'assurer du départ définitif de mon ex-femme.

Touche de rappel... : Allo... Oui... ! Ici, c'est Marcello ! Tu m'entends... ?

La voix d'Honorable, un peu brouillée. Je me suis déplacé dans le salon : Attends une seconde, Honorable, là, ça va mieux... J'ai des problèmes, monsieur Marcello, un gros problème... Tu téléphones du bureau... ? Non, de la salle de travaux pratiques, monsieur Marcello... C'est quoi le problème... ? Je suis avec l'inspecteur du Haut-Commissariat aux réfugiés, il devait se présenter samedi matin, mais il a préféré venir avant... Eh bien, passe-le-moi, ton inspecteur... J'aimerais bien vous le passer, monsieur Marcello, mais lui, il ne veut pas vous parler... Et pourquoi ne veut-il pas me parler ? enfin, Honorable, ce n'est pas sérieux, il ne me dérangera pas, tu sais, dis à cet inspecteur, d'abord, qu'il n'y a aucun problème... Mais lui, il dit que ce n'est pas vos paroles qui l'intéressent, mais ce qu'il voit... Et qu'est-ce qu'il y a à voir, Honorable... ? Justement, il a consulté les registres... Eh bien, il a eu raison de les consulter ces registres... D'accord avec vous, monsieur Marcello, mais, lui, il dit qu'il en manque... Donne-lui tous les registres, Honorable, qu'il les contrôle après tout, c'est son métier... Oui, mais on ne les a pas tous... Qu'est-ce que tu me racontes... ? Il dit que ce n'est pas grave que manquent certains registres, ce qui est plus grave c'est qu'il constate des anomalies... Mais quelles anomalies... ? Il dit que les dates de naissance sur les registres existants, ça ne correspond pas... Quelles dates de naissance, je ne comprends pas... ? Celles des enfants, il dit qu'au départ de l'autocar du camp de réfugiés, lors du dernier voyage, on a inscrit trente-cinq enfants, âge moyen, seize ans... Ah, c'est donc ça ! tu n'as pas présenté les bons registres, ceux de cette année... ? Si, en partie, mais lui, il dit qu'il y a une différence entre ce qui est écrit et ce qu'il constate... Mais que constate-t-il... ? Les enfants dans la cour, monsieur Marcello, il dit, sur les registres, c'est écrit, ils ont seize ans, et là, il dit, ils ont sept ans, tout au plus... Mais, les enfants, Honorable, ne me dis pas que tu les as laissés jouer dans la cour... ? Je n'ai pas eu le temps, monsieur Marcello, l'inspecteur est arrivé sans prévenir, je vous expliquerai... Alors ça signifie qu'il est avec les enfants ? qu'il discute avec eux ? mais, tu es malade mon pauvre Honorable... ! Je n'ai pas eu le temps de les disperser, je vous dis, patron... Eh bien, emmène-le dans la salle de classe... Mais il y est déjà allé, il a dit, ce n'est pas une salle de classe... Alors c'est quoi, si ce n'est pas une salle de classe... ? Il dit, on n'a même pas de tableau, et pas de table, ici on ne voit que des machines à coudre... Il est malade, ce type, non ? demande-lui s'il en connaît beaucoup, des écoles avec un tableau et des pupitres, on n'est pas en Europe... ! Franchement, je ne vais rien demander de tel, monsieur Marcello, parce que lui, il dit : c'est plutôt un atelier de couture... Comment ça, c'est un atelier de couture ? il se prend pour qui... ? C'est-à-dire, monsieur Marcello, qu'il pense que quand nous disons école, ou salle de travaux pratiques, nous désignons en réalité autre chose, vous comprenez, et maintenant, l'inspecteur consulte les registres colonne par colonne, et il prend l'identité de chaque élève, il dit que le nom sur le registre ne correspond pas avec ce que dit l'enfant... Ça, c'est un truc que tu devrais être capable d'expliquer, Honorable, ces gosses, ils ignorent tout... J'ai expliqué, j'ai dit aussi que j'allais retrouver les registres manquants, mais, lui, il répond qu'il y a des lois dans ce pays, au sujet du travail des enfants, contrairement à ce que vous imaginez, monsieur Marcello, il dit aussi que vous allez avoir des problèmes... Qu'est-ce qu'il entend par problèmes ? tu lui as rappelé le rétablissement de nos subventions ? si je manque de crédits, et si ce monsieur s'obstine à nous couper les vivres, c'est très simple, nous on met la clé sous la porte, et puis, les enfants, ils iront voir ailleurs, tu comprends, tu peux le signaler, explique-lui, Honorable, ils ont parcouru des centaines de kilomètres sur une piste de brousse, on les a récupérés dans une situation de guerre, on les a tirés des griffes de brutes sanguinaires, dis-le-lui ! Honorable ! n'hésite pas à utiliser ce mot : sanguinaires... ! Ajoute à l'intention de ce monsieur que je suis prêt à l'entendre, que je serai là samedi midi au plus tard... J'ai raccroché.

22

Pause de quelques minutes dans la cuisine, entre deux passages parmi les rayons des bibliothèques. Le réfrigérateur était débranché, la paroi intérieure légèrement altérée par une pellicule de moisissure. J'ai remis le courant et rempli le bac à glaçons pour terminer la bouteille d'alcool dans de meilleures conditions, avant de brûler ma précieuse enveloppe kraft et son contenu papier dans le cendrier en marbre. J'ai allumé un grand feu avec mon briquet jetable. Debout devant le foyer, l'image de ma mère est apparue parmi les flammes. J'ai souhaité qu'elle repose en paix cette fois, tandis que se consumaient, voletant sous forme de papillons noirs, les dernières preuves de ma culpabilité. J'ai ensuite jeté la paire de ciseaux et le petit tube de colle, ainsi que les gants de chirurgien dans un bac à ordures de l'arrière-cour, au rez-de-chaussée, saluant de loin la concierge par la même occasion.

Sachant que la nuit serait longue, j'ai repris mon inspection des livres dans la bibliothèque suivante, avant le dîner au KFC, projetant le choix du menu 100 % poulet, sauce barbecue, car j'avais faim.

Parvenu au troisième rayon de la chambre verte, une enveloppe contenant des billets de banque est tombée d'un des livres de philosophie. J'ai plié les coupures en les rangeant dans la poche intérieure de ma veste, pensant à la tentative de Lydia : persuader ma tante de lever des fonds à mon avantage, songeant aux efforts qu'elle aurait à fournir pour la convaincre. Les rendre à ma tante produirait le meilleur effet.

23

Vicky m'attendait au soleil, installée dans un fauteuil de la résidence, en face du parc. J'ai incliné le parasol. Une ombre bleutée l'a recouverte. Elle a retiré ses lunettes à verres fumés : Ça va mieux, merci, Marcello... ah, ce soleil d'automne... ! Je lui ai demandé si son rendez-vous avec les administrateurs de la fondation tenait toujours, et si mon ex-femme ne lui avait pas fait signe. Vicky m'a répondu que Lydia lui avait déjà téléphoné. Elle s'est dite satisfaite que nous nous soyons revus, Lydia et moi. J'ai pris garde, par prudence, de ne pas poser de question sur leur échange.

Elle s'est levée, se disant sujette à des vertiges depuis hier, elle a dit aussi : éblouissements. J'ai demandé, la tenant par le bras, le temps qu'elle retrouve son équilibre, si Paméla était dans le coin. Ma tante supposait qu'elle était en congé, car elle ne l'avait pas vue ce matin. Là-dessus, Vicky m'a appris que la fondation portait son nom, désormais. Fondation Vicky Novak, ça sonne bien, non ? Façon de me dire qu'elle aurait pu s'appeler Fondation Novak-Martini, si l'histoire avait été différente. J'ai apprécié. Elle a ajouté que mon ex-femme lui avait parlé de mon travail avec les enfants en Afrique. L'attention que me portait Lydia la réconciliait un tant soit peu avec moi. Vicky l'avait donc écoutée attentivement, et suivrait ses conseils à mon propos. Cela signifiait qu'elle ouvrirait un crédit, le temps de vérifier certains points. J'ai répondu qu'il n'y avait pas grand-chose à vérifier, de toute façon, je ne demandais rien.

C'était l'occasion de lui dire que j'avais, par hasard, en ouvrant un livre de philosophie, retrouvé des billets de banque dans une enveloppe. Et voici, je te les rends, lui ai-je tendu les coupures. Ma tante a pris les billets aussitôt enfouis dans son sac à main. J'ai détourné la tête pour manifester mon indifférence.

24

Installé à sa droite sur la banquette arrière, durant le trajet en taxi qui nous conduisait au restaurant Jean-Claude Marion, à la rencontre de ses administrateurs, j'ai redit à ma tante que je n'attendais désormais rien de personne et que, de toute façon, je repartais sous peu.

En revanche, j'ai regretté de lui avoir restitué ses billets de banque. Ça ne me rendait pas service, et c'était maladroit de ma part. Car déjà, le ton montait : Tu as au moins pris le temps de le lire, ce livre de philosophie ? m'a-t-elle demandé sèchement.

Comme je ne répondais pas, ma tante m'a mis en garde : Il n'y avait, de sa part, aucun retournement de situation à espérer, elle ne changerait pas d'avis. Cette décision chez le notaire, elle l'avait mûrement réfléchie. Soyons clairs, Marcello, cette lettre anonyme... ! Je ne me fais plus d'illusion, tu sais...

Aussi, elle comprenait pourquoi j'étais revenu. Elle m'en a fait part, certainement vexée par ma découverte de son intimité, cette enveloppe remplie de billets logée dans un livre : C'est normal, toi, Marcello, tu n'as jamais rien fait de tes dix doigts, et il te faut de l'argent. J'ai toujours dit à ta mère que tu reviendrais quand tu aurais faim. Walter a déclaré lui-même à Gaëtan que le loup sortirait bientôt du bois. Eh bien, nous y sommes.

Le taxi franchissait alors l'allée du restaurant. Vicky a déclaré qu'elle était prête à une démarche en ma faveur. Elle a précisé : Grâce à Lydia. Auparavant, elle voulait néanmoins savoir comment je m'y étais pris pour nouer autant de relations dans ce pays où j'avais trouvé refuge, il avait bien fallu connaître du monde dans l'administration pour monter une mission, ou une école, et que sais-je encore... Elle trouvait particulièrement bizarre qu'un État protège un petit délinquant comme moi.

Stop, Vicky ! s'il te plaît, me suis-je écrié, je ne suis pas revenu pour entendre ça ! Les yeux du chauffeur de taxi sont apparus dans le rétroviseur. Il a demandé à ma tante si tout allait bien. Elle a poursuivi, sans lui répondre, se disant étonnée que je sois parvenu à monter une telle entreprise. Elle aurait voulu savoir en quoi quelqu'un dans mon genre, installé dans une république africaine, était susceptible de prospérer. Encore une fois, elle m'a demandé si mon affaire était saine, si je ne me moquais pas, si je n'avais pas, là-bas, d'ennuis avec la justice. Mais enfin, ma tante… ! me suis-je scandalisé, pourquoi aurais-je des ennuis avec la justice ? Elle a répondu que Gaëtan allait se renseigner, et qu'elle attendait sa réponse. J'ai soupiré. Tu ne pourrais pas me lâcher avec ton Gaëtan… ?

J'ai évoqué ma mère. Qui n'aurait pas apprécié ce nouveau soupçon sur ma personne. J'ai rappelé à Vicky ses visites à la maison quand j'étais enfant, les promenades le long de la rivière. Elle m'a répondu que l'avis de sa sœur comptait peu, que, de toute façon, ma mère n'avait jamais eu un centime devant elle.

Puis elle s'est tue. Le taxi a ralenti le long du terre-plein central, s'est arrêté devant l'entrée du restaurant. J'ai contourné la voiture, tandis qu'elle réglait la course, et j'ai demandé si elle avait vraiment reçu un appel de Lydia. Ma tante s'est contentée de regarder ailleurs en guise de réponse, quittant la banquette arrière, me prenant par la taille, puis s'accrochant au pan de ma veste. Elle s'est redressée : Ils seront surpris de revoir ta tête, tous ces administrateurs, a-t-elle déclaré, du moins les plus anciens, et j'ai rétorqué que ce n'était pas réciproque. Après ce que je venais d'entendre, je préférais patienter à l'extérieur, ou dans l'entrée. J'ai avisé un banc de pierre couvert de mousse sous un bouquet de buis. J'ai dit aussi, j'en avais assez... sans cesse, ces soupçons. Au moins, loin d'ici, au Liberia, je ne suis pas victime de tes sautes d'humeur.

Je l'ai cependant accompagnée jusqu'à l'entrée du restaurant. Elle a lâché prise, quitté mon bras, et s'est éloignée. Occupé à refermer la portière du taxi, je n'ai pas eu le temps de retenir ma tante. Pourtant, j'avais aperçu le tapis de sol de l'entrée, qui formait un bourrelet de quelques centimètres. Vicky l'a heurté et perdu l'équilibre en voulant remettre en place l'anse de son sac à main dans le creux du coude. Fort heureusement, elle est tombée sur le côté. Le tapis a amorti sa chute, et la tête n'a pas heurté violemment le sol. Mais son arcade sourcilière enflait déjà. J'ai tenté de la soulever par les aisselles, en demandant de l'aide au serveur à veste blanche qui venait d'apparaître. Celui-ci a apporté une chaise et nous avons installé Vicky, tous les deux. J'ai demandé comment ça allait, et j'ai fait signe, en vain, au taxi, qui achevait son demi-tour et sortait par l'allée centrale.

Vicky tenait son mouchoir dans une main. Je lui ai redemandé comment elle se sentait, mais pas de réponse. Dis-moi quelque chose, ma tante... ! s'il te plaît ! Vicky, parle-moi... tu me reconnais... ? Elle a levé les yeux. J'ai retiré son mouchoir d'entre ses doigts, en demandant de l'eau au serveur, qui voulait savoir s'il fallait prévenir une ambulance. J'ai répondu non, allez plutôt chercher de l'eau, je vous dis. J'ai réchauffé contre moi la main aux veines violacées de Vicky. Enfin, elle m'a parlé, elle a dit : Tout va bien, ce n'est rien, j'ai dû me prendre les pieds dans le tapis.

C'est évident que tu n'as rien, ma tante. J'ai trempé son mouchoir dans le verre d'eau tendu par le serveur, et j'ai nettoyé l'ecchymose sur son sourcil gauche. Ce n'est pas grave, tu vas voir, dans quelques minutes, ça ira mieux. Elle a alors regretté de m'avoir parlé sur ce ton dans le taxi. J'ai dit : Oh, là là, on ne va pas en faire une histoire ! j'ai l'habitude.

Le serveur a repris le mouchoir et l'a essoré délicatement. Je lui ai demandé un remontant pour Vicky, j'ai dit : Un peu d'alcool de menthe, ou une eau-de-vie, à base de plantes, si vous avez, ça la rafraîchira. Un jour de juillet, il y a longtemps, me suis-je souvenu, ma tante était tombée, dans le jardin à Hermenoncourt. Elle aidait ma mère à cueillir des framboises, un faux-pas sur une pierre plate en bordure des fraisiers. Ma mère lui avait servi un verre d'alcool de menthe ajouté à de l'eau, pour la réconforter.

La porte du restaurant s'est ouverte. Un administrateur de la Fondation Vicky Novak, sans doute prévenu par le serveur, a poussé le battant. Il a annoncé qu'il était médecin. Il a parlé à ma tante, enchaîné une série de questions, puis il a pris son pouls, s'est agenouillé, a examiné ses réflexes, avant de s'attarder sur l'arcade sourcilière. Ce n'est pas grave, Vicky, un simple étourdissement. Il m'a remercié, m'a demandé si je passais par là. J'ai dit oui, je passais par là.

L'administrateur est reparti en annonçant, porte ouverte, que madame Novak allait arriver, elle se remettait d'un léger malaise. Vicky a cherché ma main. J'ai aperçu les veines gonflées de son poignet. J'ai laissé aller sa main. Je voulais savoir de quoi elle avait besoin. D'un air entendu, le serveur m'a proposé un autre verre d'eau minérale. Il m'a fait signe qu'il avait ajouté de la menthe. Vicky a bu. Une gorgée. Puis une autre. Elle a passé le bord du verre entre son pouce et son index. Comme pour le débarrasser de ses impuretés. J'ai supposé que ça allait mieux, que la menthe lui faisait du bien. Elle m'a tendu le verre. Je lui ai demandé si elle souhaitait rentrer. Mais non, a-t-elle dit, ça va beaucoup mieux.

Les quelques objets contenus dans son sac à main étaient éparpillés sur le tapis rouge. Le serveur s'est baissé. J'ai pris soin de vérifier si les billets de banque, dans la pochette intérieure de son sac, bien que fermée par un zip, étaient à leur place. J'ai tout remis en ordre. Elle a dit, suivant mes gestes un à un, que c'était bien comme ça. Elle était contente que je ne sois pas en Afrique. J'ai dit, par amusement : C'est ridicule. Tu sais très bien que je suis toujours là. Elle a haussé les épaules : Toujours là ! a-t-elle soupiré en me demandant le miroir dans son sac à main.

Elle m'a proposé de retourner au bord de l'allée centrale, en désignant ce banc couvert de mousse. Aussi, elle m'a demandé de ne pas alerter ses amis dans la salle du restaurant. Nous avons pris place en retrait, sous le bouquet de buis, je lui ai dit : Tu m'as quand même fait peur !

Assise sur le banc – sa voix ne tremblait plus, mais l'émotion due à sa chute était toujours présente –, Vicky m'a rappelé une certaine promenade un jour d'été à Hermenoncourt. Elle a déclaré ne plus avoir envie, maintenant, de rencontrer les membres de la fondation. Elle désirait que je reste auprès d'elle. Besoin de me parler. Alors, ma tante, lui ai-je demandé, que s'est-il passé durant cette promenade ?

Ce jour-là, a-t-elle raconté, nous allions aux fleurs des champs. Avec ta mère. Nous avons emprunté la route de Silley-Bléfond, qui longeait un ravin. Je ne sais si tu te souviens, Marcello, mais nous avons aperçu, au fond du ravin, la camionnette du cordonnier, monsieur Bourdonnet. Le véhicule avait fait plusieurs tonneaux avant de s'écraser en contrebas. De la route, on apercevait le châssis, la carrosserie défoncée, le moteur fumait encore, s'est souvenue ma tante. Un pompier marchait parmi les décombres vers le cadavre de monsieur Bourdonnet, éjecté par le choc. Vicky se rappelait point par point cet épisode. Elle a évoqué la montée du corps, le souvenir du deuxième pompier, qui descendait en rappel au fond du ravin. Elle a dit qu'à ce moment-là, je m'étais mis à trembler. Je te revois devant le précipice, a-t-elle poursuivi, accroché aux jupes de ta mère, oh, Marcello, c'est comme si c'était hier.

Sa respiration avait repris un cours normal. Elle m'a demandé à boire. J'ai dit : Quelque chose de rafraîchissant, ma tante... ? Elle a répondu non, une tasse de thé bien chaud. J'ai poursuivi : ... Si tu ne veux pas voir les membres de la fondation, on peut aller un peu plus loin, chez Wendy's, la chaîne de restaurants, tu connais... ? j'en ai aperçu un du taxi, en arrivant, c'est à deux pas, de l'autre côté du boulevard, face au passage protégé. Tu vois, là-bas, le panneau bleu ciel entre les arbres ? : la jeune fille aux cheveux rouges avec des couettes, qui sourit ? On te servira un thé, si tu le désires. Ça ne te fera pas de mal de marcher un peu, qu'en penses-tu, ma tante ?

Maintenant, reposée, elle voulait poursuivre l'évocation de cette promenade avec ma mère, mais en marchant. Je l'ai laissée se lever seule, et j'ai tendu mon avant-bras afin qu'elle s'engage sur le passage clouté devant nous. Le feu du signal piéton passait déjà au rouge, et nous étions encore à mi-course. Un klaxon a retenti. Elle m'a adressé cette remarque, perdue dans son histoire d'accident du cordonnier, qu'en définitive, elle ne m'avait jamais vu pleurer, enfant. Pourtant, a-t-elle poursuivi en marchant sur les bandes blanches du passage protégé, un enfant, ça devrait pleurer de temps en temps, non ?

J'ai déclaré que je n'en savais rien, lui indiquant le panneau de Wendy's, en face de nous, tout près. Je lui ai dit : Leur thé est excellent. Elle m'a répondu : Qu'en sais-tu, Marcello, que leur thé est excellent ? J'ai reconnu qu'effectivement, je n'avais jamais goûté le thé chez Wendy's, d'ailleurs je n'étais pas certain qu'ils en servent. Ça l'a amusée, comme une enfant, elle a dit : Tu me rappelles ton père, tu sais ! toujours incapable ! Franchement, Marcello. On ne te changera pas, toi... c'est impossible !

L'accident de monsieur Bourdonnet était resté gravé dans mon esprit, si longtemps et si profondément, que je n'avais aucune peine à me remémorer ce drame. Ma tante a dit ensuite, en entrant chez Wendy's, que, ce jour-là, j'avais dissimulé mon émotion. Elle ne savait pas si c'était intentionnel de retenir mes larmes, et se demandait si ça n'avait pas été dans le but de rassurer ma mère, simplement, pour ne pas la chagriner.

25

Lydia est sortie de sa voiture rangée sur le parking. Nous étions assis en terrasse. De là, je lui avais téléphoné pour qu'elle nous rejoigne. Elle a embrassé ma tante, qui lui a pris le bras et ne l'a plus lâché durant tout le temps. Puis, Lydia a demandé à Vicky la raison de cet hématome à l'arcade sourcilière ? J'ai raconté sa chute. Ma tante a ajouté, entre deux gorgées de thé : Heureusement, personne, ou presque, ne s'en était rendu compte. Elle a dit aussi qu'elle avait discuté avec le directeur financier au téléphone, au sujet de la remise d'argent, qu'elle n'oublierait pas. Et Lydia a jugé que c'était une bonne chose, avant de me parler de Rébecca : La visite, Marcello, n'oublie pas. C'est bientôt l'heure, si on ne veut pas se mettre en retard !

Quand nous avons quitté Wendy's, j'ai pris Lydia à part. J'ai dit qu'avant la visite, il me fallait la preuve que ma tante s'exécuterait... à propos du virement, désolé d'insister, mais, si je ne bats pas le rappel... ! Lydia a évoqué le rendez-vous avec le directeur financier. Rassure-toi, Marcello, pour toi, c'est dans la poche. Attends, Lydia ! Pas besoin de directeur financier. Elle peut remplir un chèque toute seule, je te l'ai déjà dit. Ça prend trois minutes maximum. D'abord, a répondu mon ex-femme, la rencontre. Ensuite, le virement. Pas question, Lydia. Un chèque. J'ai besoin d'une garantie, tu comprends.

Aussi, elle a rejoint Vicky dans la voiture. Pour lui parler. La discussion semblait animée. J'ai attendu devant Wendy's, et j'ai fini par commander un Frosty vanille. Lydia est revenue un quart d'heure plus tard : Un peu de patience, Marcello. Voilà, je te présente la situation : ta tante dit qu'elle n'a aucune garantie à te fournir, et que, de toute façon, elle ne voit pas pourquoi elle devrait t'en donner une. Mais, une chose, elle doit inaugurer en soirée le lancement annuel de son festival Jeunes espoirs du cinéma. Nous irons ensemble, si tu acceptes. Elle signera un chèque à ton nom après l'inauguration, alors, elle aura l'esprit libre. Sa chute ne la préoccupera plus. En outre, si ça peut te rassurer, elle n'a pas eu de nouvelles de Gaëtan Lièvremont, qui doit se renseigner sur ton activité au Liberia. Cela signifie que tout va bien. S'il avait constaté la moindre irrégularité, crois-moi, le connaissant, il aurait déjà appelé. Ta tante a donc le feu vert.

Alors, j'ai demandé le montant du chèque. Lydia m'a donné une somme, avec une fourchette, entre tant et tant, en ajoutant que c'était encore approximatif, mais qu'elle n'avait pas voulu bousculer Vicky. Il y a encore une discussion au sujet du transfert des fonds et de l'approvisionnement du compte. Le directeur financier doit en outre avertir le fisc, car c'est un don manuel. Il faudrait aussi envisager un éventuel accord avec le Liberia.

Et pour le chèque, il n'y a pas de discussion ?

C'est ce soir. Je viens de te le dire, il sera établi à l'ordre de Marcello Martini. Ne m'en demande pas plus, s'il te plaît.

J'ai répondu que dans ce cas, je pouvais rencontrer sa fille.

26

Lydia a parqué sa voiture le long du trottoir, devant un bâtiment blanc, construction récente, ai-je remarqué, dans une rue presque déserte de la banlieue sud, du côté de Saint-Symphorien. Nous n'avions pas échangé un seul mot depuis le départ de la résidence, où nous avions raccompagné Vicky.

On entendait des voix d'enfants. J'ai demandé à Lydia : ... Elle travaille donc ici ? dans une école ? Ma curiosité l'étonnait : Vu le peu d'intérêt que je portais à Rébecca, en principe cette question n'aurait même pas dû m'effleurer. J'ai prévenu que l'entretien ne pourrait excéder dix minutes, et encore. Lydia m'a repris : Tout ne se passerait pas comme je le désirais. C'était trop simple. À la limite, si on suit ta logique, Marcello, un coup de téléphone te suffirait, en même temps, ça t'éviterait de la rencontrer. Et pourquoi pas ? ai-je rétorqué. Mais je devais manifester ma disposition à son égard. Une idée m'est venue :

C'était le moment de lui demander si elle accepterait, par la suite, de me conduire sur la tombe de ma mère, à peine une heure de route, on pourrait même y aller maintenant, et on revient après. Lydia a dit qu'il était inutile de chercher une porte de sortie. Après la rencontre, oui, si tu veux, Marcello, je t'accompagnerai sur la tombe de ta mère, mais pas avant.

Une porte, face à nous, indiquait : salle de réunion des professeurs des écoles. Lydia s'est arrêtée sur le seuil, elle m'a contemplé, de haut en bas, et fait demi-tour : Viens avec moi, m'a-t-elle ordonné, d'un ton ferme.

Holà, que se passe-t-il ? on change d'avis ?

Viens, Marcello, c'est un ordre... a-t-elle répliqué.

C'est quoi, cette histoire, Lydia ?

On a repris la voiture sans que j'y comprenne quelque chose. J'ai demandé si on allait sur la tombe, oui ou non ? Et si je ne voyais pas Rébecca, ça entraînait quoi ? Tu la verras, ne te fais aucun souci !

Lydia a trouvé une place de parking devant un magasin de prêt-à-porter. Elle a dit à la vendeuse qu'on avait très peu de temps. Puis s'est tournée vers moi : Je veux que tu sois présentable. La vendeuse m'a fait essayer un costume gris clair. Lydia a choisi une chemise assortie, elle a dit : Tu enfiles ça, et on y retourne. Je me suis changé directement dans la cabine d'essayage du magasin. Mon costume en lin et ma chemise à motifs exotiques, je les ai posés sur la banquette arrière de la voiture.

Revenue devant le bâtiment, Lydia a modifié le pli sur le revers de ma veste, et remis en place le col de la chemise blanche. Elle a regretté de n'avoir pas changé les chaussures par la même occasion, et elle m'a tendu un mouchoir jetable pour que je les fasse reluire. Ce que j'ai entrepris. À un moment donné, tandis que je m'activais, chaussure en appui sur une bouche à incendie, il m'a semblé l'entendre dire que, si on avait eu le temps, on se serait arrêtés dans le salon de coiffure à côté du magasin de prêt-à-porter. Elle s'en voulait d'avoir manqué l'occasion.

Lydia m'a pris par la manche : Ne lui fais pas de mal, a-t-elle prévenu, fiévreuse, ne dis pas n'importe quoi, s'il te plaît... Je ne l'ai pas encore vue, ta fille, comment veux-tu que je lui fasse du mal ? Elle s'est reprise : Attends ici. Elle a sorti son mobile de la poche de son blouson : Rébecca ?... nous sommes là.

Puis elle a disparu. J'ai fait les cent pas

devant la salle de réunion, avant son retour, accompagnée d'une jeune femme. Je n'ai pas baissé la tête à leur apparition. Je n'ai rien dit non plus, d'ailleurs je n'avais rien à dire.

Le regard de cette jeune femme, arrêtée sur le seuil, s'est posé sur moi. Elle m'a contemplé, sans un mouvement, hors le battement de ses paupières. De toute apparence, elle avait du mal à fixer son attention. Elle cillait des yeux, pourtant la lumière, qui tombait en biais du vasistas au-dessus de nous, ne l'atteignait pas.

Tu pensais que ça n'arriverait jamais, Rébecca, a dit Lydia. Eh bien, tu vois.

Une mouche bourdonnait. La jeune femme a fait un pas en avant. J'ai cru qu'elle allait parler, mais aucun son ne sortait de sa bouche. Lydia a arraché l'étiquette oubliée par la vendeuse à hauteur du col de ma veste, et l'a fait disparaître dans son sac à main. Elle a dit qu'on pouvait entrer. Mais moi, je n'éprouvais aucun désir d'entrer. J'ai suivi pourtant. Nous avons pris place dans la salle de réunion des professeurs des écoles. La jeune femme s'est assise en face de moi. Elle s'est éclairci la voix, à plusieurs reprises, avant de parler : C'est elle qui avait demandé à me rencontrer, je ne devais donc pas en faire le reproche à Lydia.

La main de Lydia n'a pas quitté le dossier de mon siège. Elle ne risquait rien pourtant, en tout cas, pas que je m'enfuie, je restais cloué sur ma chaise. Rébecca a regardé sa mère, mais sans ciller, cette fois, bras croisés sur le bureau. Elle l'a priée de lâcher mon dossier. J'ai baissé les yeux.

Je n'aurais jamais dû venir, m'en suis-je voulu. Mais j'étais là, et il fallait bien parler. J'ai dit que j'étais, ces jours-ci, en visite chez ma tante, et que je repartais bientôt. D'abord, je l'ai murmuré, je crois. Mais ensuite, je l'ai dit à voix haute. À cet instant, et comme je venais de parler, j'étais persuadé que je n'avais rien à faire à cet endroit.

Rébecca ne disait toujours rien. J'ai réajusté le col de ma chemise neuve, j'ai passé les mains dans mes cheveux, demandé quand on partait, et Lydia a conseillé à sa fille de prendre congé. Rébecca s'est levée, cherchant mon regard. Elle a dit au revoir, sans se détourner. Et je ne savais si cet au revoir s'adressait à sa mère, ou à moi, ou peut-être, à tous les deux.

27

Au sud d'Hermenoncourt, à côté de l'échangeur du cimetière, proche de la nouvelle zone artisanale, j'ai repéré, parmi les herbes folles, un camion avec auvent et cheminée, marqué en grosses lettres : Balkan Kebab, Chez Ali.

Lydia a commandé deux sodas et deux sandwichs. Le mien à la mode tex-mex, ai-je précisé, et le restaurateur n'a pas bronché. Dès la première bouchée, j'ai dit en toussant que le piment m'arrachait la tête et que ce n'était pas du vrai tex-mex. Mais Lydia, ça ne l'intéressait pas, ces remarques d'adolescent devant son plat de frites, s'est-elle emportée un instant, avant de reprendre son calme et d'évoquer ce qu'elle appelait mon manque de maturité. Assise en face de moi, sur sa chaise métallique, au bord du rond-point, Lydia m'a longuement regardé, puis elle m'a demandé si j'étais habitué, comme ça, à ne jamais répondre aux lettres qui m'étaient adressées, et j'ai demandé lesquelles ?

Ne joue pas les naïfs avec moi, Marcello, les lettres que je t'ai envoyées peu après ton installation au Liberia : à monsieur le conseiller militaire du président Charles Taylor, affaires internes, Monrovia, puis à monsieur le responsable de la sécurité civile, je ne te précise pas la rue, ni le bâtiment. Elle a déclaré que je savais pour Rébecca, que j'avais toujours su.

Plus tard, sur la tombe de ma mère, petit carré de gazon entretenu par les soins de Vicky, j'ai demandé à mon ex-femme, si le rapport de Gaëtan Lièvremont sur mon activité au Liberia passait par elle. Et Lydia a dit oui. Mais elle ne l'avait pas transmis à ma tante, alors qu'elle était censée s'y employer. J'ai voulu savoir si elle le ferait avant mon départ ? Elle m'a répondu qu'elle avait promis de me venir en aide, c'était le contrat, et pour que ce contrat soit honoré, Vicky ne devrait rien savoir de mon activité réelle en Afrique. De ce fait, Lydia se tairait. J'aurais donc mon chèque. Je suis resté un instant sur la tombe de ma mère, à l'ombre des cyprès.

À la fin, j'ai entendu la voix de Lydia. Elle m'a rappelé que ma tante nous attendait.

28

Paméla est sortie de l'ascenseur desservant les étages de la résidence, face à la chambre de Vicky. Je lui ai demandé ce qu'elle devenait, je ne l'avais pas aperçue ce matin avant notre départ pour le restaurant Jean-Claude Marion. Elle m'a alors appris que ma tante avait eu un léger malaise et ne se rendrait pas à l'inauguration de son festival de cinéma. Aussi, Paméla a noté, à propos du restaurant, justement, et de la chute de madame Novak, que j'aurais dû téléphoner à la résidence, tenir la directrice informée. La situation aurait pu se compliquer. La preuve, ma tante s'était sentie mal à son retour. Maintenant, elle va mieux, a poursuivi Paméla, avant de repartir. En tout cas, la directrice s'est demandé pourquoi vous lui en vouliez à ce point à votre tante... ? Imaginez qu'il se soit passé quelque chose, monsieur Martini... !

Je l'ai rappelée. Elle a poursuivi son chemin.

Nouveau signe de sa main : Je suis pressée. Mais j'ai repris, en élevant la voix : ... Concernant la chute de ma tante, demandez au personnel du restaurant ! Vous savez, Paméla, je n'avais aucune raison de m'alarmer après cet incident, Vicky allait très bien quand nous avons quitté le parc, elle a vu un médecin, je vous signale !

Oui, mais vous auriez pu au moins la conduire dans le salon, auprès de ses amis, par simple mesure de sécurité, a répliqué Paméla.

29

Lydia est sortie de la chambre. Elle m'a demandé de parler moins fort. Ma tante allait beaucoup mieux. Mais ça n'étonnait pas Lydia qu'elle ait annulé sa sortie. Ça n'a rien à voir avec la chute du matin, ne t'inquiète pas, elle veut te parler.

Les stores étaient baissés. Ma tante m'a accueilli avec le sourire. Tout est prêt, a déclaré Lydia à voix basse. La porte s'est refermée derrière moi. Je suis resté seul face à ma tante, qui dévissait le capuchon de son stylo-plume. J'ai aperçu ses mains sous le cercle lumineux de la lampe de chevet disposée sur la table. J'ai ainsi observé ses ongles carmin, et, pour la première fois, sa bague sertie d'une pierre. Ce qu'elle a remarqué, et elle m'a dit en riant, comme pour s'excuser, que Paméla l'avait contrainte à une séance de manucure. Elle a posé le stylo. Maintenant, elle n'avait même plus envie de sortir, mais demain, ce serait sans problème, elle retournerait au restaurant gastronomique de Jean-Claude Marion. J'ai répondu, d'un ton léger, que je l'accompagnerais volontiers, en ajoutant, sur le mode de la plaisanterie, que nous pourrions, dans ce cas, nous rendre également chez Wendy's, boire un thé, mais alors très tôt, parce que je repartais à la première heure.

Ça l'a fait sourire, là aussi. Elle a dit apprécier cette pointe d'humour, puis elle a demandé l'heure de mon vol du lendemain. J'ai dit 7 h 30. Elle était entre deux soins, a-t-elle poursuivi, ce qui la fatiguait, et elle avait peu de temps à me consacrer. Simplement, elle voulait savoir si j'étais heureux de repartir. J'ai dit oui.

Lydia est entrée, elle est restée en retrait, sans un bruit, mais Vicky a remarqué sa présence. Et elle m'a dit qu'elle savait pour Rébecca. Que sais-tu, ma tante, à propos de Rébecca ? n'ai-je pu me retenir de demander. Qu'elle a fait ta connaissance. Reviendras-tu me voir un jour, Marcello ?

Alors, ma tante a sorti son carnet de chèques, sans mot dire, ce qui signifiait qu'elle n'attendait pas de réponse à la question, et j'ai compris que mon départ, par contre, lui faisait de la peine. Mais, plus encore, je me rendais compte de mon absence totale de réaction face à sa tristesse. Et je m'en suis voulu de ne pouvoir lui apporter, à cet instant, un minimum de réconfort.

Après avoir sorti le chéquier, Vicky a relu les talons, page à page, sans se soucier de ma présence, sous le regard attentif et bienveillant de Lydia. Ce fut à mon tour de me mettre à l'écart, de lancer un regard interrogateur à mon ex-femme – : devais-je sortir, ou non ? Ma tante passait le plat de sa main sur le chéquier ouvert, et se préparait à écrire. Lydia a bougé, émergeant de l'ombre, un léger mouvement de l'épaule, elle m'a dit : Reste ici, c'est un grand jour, non ? Je lui ai rappelé l'heure exacte de mon vol, le lendemain, je ne pouvais me permettre le moindre retard, mais j'ai poursuivi : Nous pourrions prendre quelques minutes cependant, boire un dernier verre tous les deux dans le foyer de la résidence, on s'installera au bar, si tu le veux bien.

Ma tante, assise sur le bord de son lit, me tournait le dos. Elle s'est saisie de son stylo-plume, dont j'ai noté cette fois qu'il était volumineux et certainement pesant. Elle a retiré le capuchon, l'a fixé aussitôt à l'extrémité, sans omettre de vérifier si son index et son pouce étaient tachés d'encre, ce qui n'était pas le cas, et commencé à écrire, d'une main d'abord hésitante, quelques lettres à l'encre violette, sans lever la plume, puis quelques mots séparés chacun par un blanc. Je me tenais à courte distance, mais il m'était impossible de lire pardessus son épaule. Je n'ai été satisfait et soulagé qu'en apercevant, plus loin, le premier tracé en boucle de sa signature.

À cet instant précis, elle s'est tournée vers Lydia, interrompant son écriture, stylo en suspens, pour lui demander si c'était correct, cette première ligne, les chiffres en lettres, puis le montant en chiffres. Et Lydia s'est penchée, a dit que tout allait bien, ajoutant que Vicky devait terminer ce qu'elle avait commencé.

Ma tante a repris sa signature, à l'extrémité de la première boucle, suivie d'une succession de spirales, plutôt élégantes, sans trembler, et je me suis rendu compte qu'avec le temps, j'avais perdu le souvenir de la signature de ma tante, que j'avais pourtant connue par cœur autrefois, falsifiée en bon nombre de circonstances, je dois le reconnaître aujourd'hui, notamment lors de mes transactions en complicité avec Walter.

Posant le stylo-plume sur la table, sans remettre le capuchon, Vicky a dit à Lydia, qu'elle voulait lui parler. Seule à seule, a-t-elle précisé. Le mieux, donc, était de sortir aussitôt, de ne pas compliquer la situation, maintenant que je touchais au but.

J'ai donc patienté à l'extérieur, échafaudant le programme de mon retour : cette affaire terminée, j'irais saluer la directrice. Mieux valait par ailleurs ne pas courir le risque de manquer l'avion. Je me rendrais d'abord place Kléber, reprendre ma mallette de voyage, opérer une dernière vérification, sait-on jamais. Ensuite, je louerais une chambre dans un hôtel à l'aéroport, ma tante serait d'accord pour me fournir un peu de liquide, ou Lydia, peu importe. Le chèque, je le toucherais à mon arrivée au Liberia.

30

Paméla est apparue au fond du couloir. Elle me souriait, de loin, et semblait m'attendre. Elle s'est approchée, la mine confuse. Paméla devait m'avouer quelque chose : En fait, elle était venue place Kléber, dans la journée. Son service ne reprenait que le soir, elle avait éprouvé le besoin de satisfaire sa curiosité. Et alors ? lui ai-je demandé.

Paméla ne m'a pas laissé le loisir de poursuivre mon écoute. Elle a dit, vous savez, monsieur Marcello, j'ai peut-être fait une bêtise, je ne sais pas...

Mais quelle bêtise auriez-vous pu commettre, Paméla, voyons, c'est impossible ? Eh bien, la concierge a répondu à mon coup de sonnette. Et alors... ? Et alors, elle m'a dit vous avoir aperçu la veille, très tard, quand vous êtes passé dans le local à poubelles, situé au fond de l'arrière-cour.

Oui, je me souviens, mais je ne vois là rien

de répréhensible. Pourquoi, Paméla, vous reprocherais-je d'avoir discuté avec la concierge ? vous savez, moi, je m'en fiche...

... C'est que, j'en ai parlé avec ce monsieur qui est venu ici en milieu d'après-midi, à mon retour de chez madame Novak, mais vous n'étiez toujours pas là. J'avais encore un peu de temps avant de reprendre mon service.

Et ce monsieur, qui est-ce ? un médecin ? un policier ? Non, c'est quelqu'un qui semblait bien connaître votre tante, d'ailleurs, il m'a demandé comment allait madame Novak, ça faisait longtemps qu'il ne l'avait pas revue, et il aurait bien discuté avec elle. J'ai expliqué qu'elle n'était pas là, qu'elle était partie avec son neveu. Ça a paru l'étonner que je parle de son neveu, et il m'a posé beaucoup de questions sur vous, alors j'ai répondu.

Dites, Paméla, vous vous moquez de moi ? Vous avez dit à un parfait inconnu que j'étais ici, avec ma tante ? Non, monsieur Marcello, pas ici, mais au restaurant Jean-Claude Marion ! Et que lui avez-vous dit de plus ? Je lui ai dit que, c'était certain, vous n'étiez pas chez votre tante, place Kléber, où vous aviez passé la nuit, et ça l'a intrigué. De fait, il m'a demandé si je pouvais l'accompagner chez madame Novak, place Kléber. Au départ, j'ai refusé, mais il a insisté, et je l'ai fait. Mais moi, vous voyez, c'était pour rendre service. Donc, a poursuivi Paméla, arrivé sur place, il a discuté avec la concierge, et là, il s'est irrité, une vraie boule de nerfs, parce que, selon lui, elle ne répondait pas assez rapidement à ses questions. Il a sorti des billets de banque, et il a dit à la concierge qu'elle devait lui fournir un maximum de renseignements. Elle a résisté un moment, elle a dit, je n'ai pas besoin de tout cet argent !

Mais, c'était qui, ce type... ?

Je ne sais pas, monsieur Marcello, je vous l'ai déjà dit, enfin ! Toujours est-il que la concierge a répondu qu'elle vous avait vu une seule fois, qu'elle ne pouvait donc pas dire grand-chose à votre sujet, tout juste si elle aurait pu vous décrire, car elle ne se souvenait même pas comment vous étiez habillé, elle a dit, je l'ai croisé dans l'arrière-cour.

En tout cas, cette série de questions, a repris Paméla, ce n'était pas une partie de plaisir pour la concierge, croyez-moi, parce que l'inconnu a fini par la prendre par les deux épaules et par la secouer. Il lui a dit : Qu'est-ce que Marcello Martini allait faire dans l'arrière-cour ? Ben ! le local à poubelles ! Voilà ce qu'a dit la concierge, pour elle, c'était comme une évidence. Mais l'homme, ça ne lui suffisait pas, cette réponse, alors il a demandé : Qu'est-ce que Martini a fait avec les poubelles ? Rien, je vous dis, du moins pas grand-chose, il a jeté quelques objets, c'est tout. Quels objets ? Je ne sais pas, moi, je ne fouille pas dans les déchets de la copropriété. Et l'homme a dit à la concierge : Vous pourriez me la montrer, cette arrière-cour ?

Nous nous y sommes rendus. Et là, je vous jure, monsieur Marcello ! a repris Paméla, il est devenu comme fou, il a demandé : Quel bac à ordures ? La concierge a dit, couvercle jaune, la poubelle papiers. Ce bac était pratiquement vide, mais lui, il a retourné la poubelle. Les deux ou trois sachets en plastique abandonnés dans le fond sont tombés sur le sol. Il a opéré un tri, et il a demandé : C'était quoi, ces objets qu'il a jetés, à votre avis ? et il a fini par extraire des quelques papiers au rebut, étalés sur le ciment de l'arrière-cour, un petit tube de colle, des ciseaux, des gants de chirurgien, et la concierge a dit : Oui, c'était ces ciseaux-là, maintenant, je me souviens, ça m'avait intrigué, de loin.

Et cet homme ? me suis-je impatienté, il s'appelait comment ? Vous ne lui avez pas demandé ? Ah, Paméla ! qu'est-ce qui vous a pris... ?

Ça y est ! ça me revient maintenant, il a dit son prénom à la concierge. Le nom, je ne me souviens plus, mais le prénom, oui : Walter. Il a laissé sa carte de visite à la concierge, il a dit que ça allait fortement intéresser son avocat, et le juge. Il a ajouté que la concierge ne devait toucher à rien, et que le local à poubelles ferait partie de la perquisition.

31

Ma tante était toujours assise devant sa table, stylo-plume à la main. Lydia m'a pris par le bras : Vicky avait encore une question, elle voulait savoir si l'argent qu'elle allait me remettre serait bien destiné à une mission humanitaire, et j'ai répondu que je le garantissais.

Le chèque était maintenant séparé de son talon, sur la table. J'ai aperçu de loin, mais sans détailler le moindre chiffre, la succession des zéros, et tout cela m'a semblé de bon augure. Lydia a pris le chèque, me l'a tendu, le visage grave, et ma tante a de nouveau manipulé son stylo-plume.

Sans empressement, j'ai pris le chèque, et vérifié le montant. J'ai fait savoir que ça me convenait. Je pouvais même considérer que je n'aurais jamais espéré autant. Cela, je l'ai tu.

Pas question, non plus, d'empocher aussitôt le chèque sous les yeux de ma tante. Je me préparais donc à le plier délicatement pour le glisser, un peu plus tard, dans mon portefeuille, à côté du billet d'avion, relisant le montant (Honorable n'en reviendrait pas), recomptant le nombre de zéros. Ensuite l'ordre, mon prénom et mon nom. Mais, constat : il n'y avait pas d'ordre.

J'ai orienté le chèque vers la lumière de la lampe de chevet. J'ai fait remarquer à ma tante, d'un ton irrité, qu'elle avait oublié l'ordre, du moins, elle avait dû commencer par l'écrire, mais elle n'avait pas poursuivi. On distinguait, au début de la ligne, le M majuscule de Monsieur, ou de Marcello, peu importe. J'ai enjambé la chaise à côté du lit et, peut-être, bousculé Lydia, atteint la commande d'ouverture du store électrique, posé le chèque sous les yeux de Vicky, quelque peu indisposée par la faible clarté de cette fin d'après-midi. Regarde, ma tante, la ligne est vide !

Vicky a répondu, qu'elle n'y pouvait rien. Je lui ai demandé pourquoi elle n'avait pas mis l'ordre. Ce n'est pas difficile à comprendre, a-t-elle poursuivi. Je vais t'expliquer.

C'est égal, que tu m'expliques ! : suffit d'écrire mon nom ! : Marcello Martini, tu connais... ? je ne vais quand même pas épeler chaque mot... ! Tu sais écrire, non... ? Mais enfin, de quoi parle-t-on, ici ? ai-je élevé le ton.

Regarde ce qui se passe, Marcello, mais regarde donc, au lieu de t'énerver ! Elle a secoué le stylo-plume au-dessus du chèque, en tapant du poing sur la table. J'ai craint alors une tache, notant au passage que c'était le dernier feuillet de son carnet de chèques, et je me suis écrié : Arrête, malheureuse !

Ça ne risque rien ! regarde, Marcello, il n'y a plus d'encre... ! la cartouche est vide... Si je te dis que je n'ai pas utilisé ce stylo depuis des semaines, tu me croiras ? J'écris le plus souvent avec un autre, regarde, comme celui-là. Elle m'a indiqué un stylo à bille posé sur la table.

Eh bien, ma tante, tu peux rédiger l'ordre avec celui-ci, ce n'est pas un problème, l'essentiel, c'est que tu écrives mon nom.

La voix de Lydia m'est parvenue : Ça ne passera jamais, Marcello ! on ne peut pas utiliser deux encres différentes sur le même chèque, porteur d'une telle somme, rends-toi compte, enfin.

On peut trouver une solution, non... ? J'ai regardé ma montre, mon avion décollait dans treize heures exactement. J'ai demandé à ma tante si, par hasard, elle n'aurait pas un autre carnet de chèques... ! Suffit de remplir un second exemplaire au stylo à bille et on déchire celui-là.

Lydia s'est tournée vers Vicky. Ma tante a dit : Oui, il y a un autre carnet. Et voilà ! c'est simple, non ? me suis-je calmé. Mais ma tante a déclaré que non, il n'était pas question pour elle de remplir un chèque, porteur d'une telle somme, avec un simple stylo à bille. Elle m'a désigné l'objet en question, l'a saisi – forme sophistiquée, bouton-poussoir, fût en plastique rouge et argent – faisant jouer de son index le ressort de la mine. Le stylo, offert par l'esthéticienne de la résidence pendant la dernière séance de manucure, portait la marque d'un produit de beauté. Hors de question, s'est-elle agitée, que je remplisse un chèque de cette somme avec le stylo à bille d'un laboratoire pharmaceutique !

Dans ce cas, ai-je répondu (l'heure tournait), j'ai une solution, je vais voir la directrice qui me trouvera un stylo-plume. Elle doit bien avoir ça dans ses affaires, non ?

Alors, ma tante a dit qu'elle ne pouvait remplir ce chèque qu'avec un stylo à plume en or, d'ailleurs, soyons sérieux, Marcello, ça m'étonnerait que la directrice possède un tel stylo, du moins pas cette marque suisse. Elle m'a tendu le stylo-plume, noir et or, avec son étoile blanche à branches arrondies sur le sommet du capuchon – je l'ai soupesé dans le creux de ma main.

J'ai proposé de partir acheter une boîte de cartouches. Tu m'attends ici, j'en ai pour deux minutes ! Et ma tante a acquiescé, mais elle m'a rappelé qu'il y en avait dans son secrétaire, place Kléber. Là-bas, Marcello, tu en trouveras une boîte.

Mais, j'en achèterai dans la première boutique venue, ai-je répondu. Et ma tante m'a demandé si j'avais bien observé le chèque. J'ai dit : Affirmatif, j'ai observé. Et Vicky m'a demandé, si j'avais remarqué dans ce cas qu'elle s'était servie d'une encre violette. Je me suis de nouveau penché sur le chèque, et ma tante a redit qu'il lui fallait cette couleur, et pas une autre. Elle en avait dans l'appartement, donc je devais foncer place Kléber, de toute façon, je n'avais pas d'autre choix.

Ma tante m'a prévenu : Attention ! Marcello ! la même marque que le stylo. Mais il y a un supermarché à deux minutes, ma tante ! je ne vais quand même pas me payer cinq kilomètres pour récupérer une malheureuse cartouche d'encre ! ai-je rétorqué.

Apparemment, si...

32

Le premier tiroir, partie haute du secrétaire, contenait une boîte de cartouches. J'ai lu l'inscription sur le carton : encre bleu nuit. J'ai aussitôt téléphoné à Lydia : Il n'y a pas d'encre violette. Je suis peut-être ridicule, mais j'ai le sentiment que le bleu nuit, ça ne va pas plaire. Et Lydia a posé la question à ma tante, tout en disant, c'est la marque qui compte, plus que la couleur, c'est ce que vous venez de dire, Vicky ! Ma tante, je l'ai entendue dans l'écouteur, a répondu que Lydia avait tort, et j'avais raison, elle ne remplirait jamais un tel chèque, qui plus est avec ce stylo-plume, en se servant d'une encre bleu nuit. Elle a ajouté que ça portait malheur.

Je me suis rendu ensuite dans un magasin spécialisé, avant la fermeture, La Maison du Tabac et du Stylo. On y proposait des boîtes de cartouches du même modèle, marque identique, couleur violette. Par souci ultime de sécurité, j'ai demandé au vendeur, si n'existaient pas, à tout hasard, sous cette même appellation, plusieurs variétés d'encres violettes différentes. Il a dit non, pas à ce point, monsieur.

Mon mobile a vibré. Lydia m'annonçait que ma tante s'était endormie. Je l'ai prévenue, mon avion décollait tôt. Je serais donc là dans vingt minutes au plus tard. Ensuite, bye, bye, on n'entendrait plus parler de moi. Je lui ai demandé de rester auprès de ma tante. J'ai parlé de Walter, j'ai dit qu'il était au courant de ma présence ici. J'ai évoqué l'arrière-cour et le local à poubelles. La concierge pourrait déclarer un jour qu'elle m'avait vu me débarrasser de trois objets, Walter avait parlé de perquisition, le juge était certainement déjà averti.

Lydia m'a répondu que pour elle, ça s'arrêtait là. Une fois le chèque complété, elle paierait le taxi et l'hôtel, mais elle n'irait pas plus loin. L'histoire avec Walter, ça ne la regardait plus. Elle a seulement voulu savoir si j'avais bien mon passeport, et j'ai répondu oui.

33

Ma tante était réveillée et terminait son infusion. Les rayons du soleil couchant donnaient un certain relief aux traits de son visage. Ses yeux étaient fermés. Ses pommettes peu rebondies. J'ai pensé à sa chambre dans notre maison, lors de ses visites, enfant. Je l'avais surprise, étendue sur son lit, un jour où j'étais entré sans prévenir, son visage recouvert d'un masque de beauté, couleur gris-bleu, luisant. Les cheveux tirés en arrière, elle restait immobile, sa nuque maintenue par un oreiller. Je ne voyais même plus ses lèvres couvertes de crème. Déjà, Vicky m'était apparue dans une position identique, des tranches de concombre, connues pour leur vertu hydratante et purifiante, sur le visage.

Maintenant, dans sa chambre à peine éclairée de la résidence, je contemplais ma tante, comme je l'avais surprise dans sa jeunesse. L'esthéticienne, croisée dans le hall à mon retour, avait noué un foulard sur son crâne. J'ai aperçu ses cheveux postiches contre un oreiller, à côté d'elle. Je me suis attardé encore sur ses mains aux doigts très longs, aux ongles vernis, et sur sa bague. Si j'avais regardé uniquement ses mains, qui me paraissaient jeunes à cet instant, je n'aurais pas cru que c'était ma tante. Ses paupières un peu fanées, couleur de cendre, s'agitaient faiblement, car elle m'avait entendu.

C'est toi, Marcello ? J'ai annoncé, d'un ton enjoué, que j'avais enfin trouvé l'encre violette, mais ça n'avait pas été une mince affaire. Je lui ai demandé si elle souhaitait encore un peu de verveine. Le plateau où se trouvaient une tasse, un sucrier et des madeleines, était posé sur la table à côté du lit. Volontiers, a-t-elle répondu.

Je me suis surpris à siffloter en saisissant l'anse de la théière et en versant l'infusion. J'ai posé ensuite la tasse sur sa soucoupe en porcelaine, je l'ai portée vers ma tante.

Ses avant-bras reposaient sur les accoudoirs. Elle a dit qu'il lui restait encore une chose à régler. J'ai dit à sa place : Oui, compléter le chèque. Elle a répondu que là n'était pas le problème. Non, elle avait encore une question à me poser. Je ne savais encore laquelle, mais elle allait me l'apprendre. J'ai approché la tasse. Elle a dit qu'elle appréciait les infusions le soir avant de s'endormir, si elle s'endormait.

Ma tante a saisi la soucoupe d'une main, ensuite elle s'est laissée aller dans le creux de son siège, pour porter la tasse à ses lèvres, et elle a bu, doucement, avec cette remarque que l'infusion avait déjà refroidi, me priant de le faire savoir à la personne qui lui avait apporté son plateau.

Elle a reposé la tasse. Je n'ai pas pris le risque de sonner le personnel pour qu'on lui serve une autre verveine. Elle m'a dit souhaiter en finir. J'ai sorti son stylo-plume, et j'ai dévissé le capuchon, avec cette remarque que je n'avais pas besoin de beaucoup de temps pour remplacer la cartouche, ce que j'ai fait en quelques gestes. Je lui ai rappelé qu'on pouvait aussi trouver des encres couleur turquoise, bleu nuit, bleu outremer, j'en avais aperçu dans le tiroir de son meuble de bureau, dont une rouge orient... Ensuite, je m'étais arrêté dans un magasin spécialisé, et j'avais pris soin d'acheter des cartouches violettes.

Ma tante avait cette fois le stylo bien en main. J'ai approché le chèque sorti à l'instant de mon portefeuille. Vicky m'a demandé si Lydia était avec moi. J'étais seul. Elle a approuvé, m'a rappelé qu'elle tenait à ce que cette remise de chèque se fasse uniquement entre elle et moi. Aussi, elle a eu une seconde d'hésitation : La voilà, ma question, Marcello : elle m'a demandé si je m'étais rendu au cimetière, comme je l'avais promis, et si j'avais fleuri la tombe de ma mère. J'ai répondu que j'y étais allé, que j'avais apporté à ma mère un bouquet de fleurs. Et il est vrai que j'y étais allé.

Elle m'a demandé à quel ordre exactement elle devait mettre ce chèque. J'ai souri. J'ai dit bêtement : On en a déjà parlé. Le mien ! ça coule de source, non ! ? tu le sais, ma tante. Mais ce n'était pas si évident à ses yeux. Elle a donc posé la question : Ne serait-ce pas plus simple de le mettre directement à l'ordre de la mission humanitaire responsable de l'école ? et j'ai répondu : Surtout pas, ce n'est pas le moment, le mieux c'est quand c'est personnel. Ensuite, elle a voulu savoir, d'un ton grave, si ça s'était bien passé avec Rébecca. J'ai dit : Très bien, ma tante, mais je te signale, là aussi, tu m'as déjà posé la question. Elle a dit qu'elle s'en souvenait, oui. Je lui ai demandé à mon tour, parvenant cependant à masquer mon impatience, ce qu'il lui fallait de plus pour rédiger l'ordre. D'un doigt, j'ai réorienté le chèque qu'elle avait déplacé de quelques centimètres. Ma tante a dit qu'il ne lui fallait pas grand-chose, encore quelques minutes. Je me suis levé, rendu optimiste par ses dernières paroles.

Et là, j'ai pensé à Walter, et je me suis demandé si, tout compte fait, il serait en mesure d'exploiter des pièces comme un vieux tube de colle, une paire de ciseaux et de malheureux gants de chirurgien, si la présence de ces objets abandonnés dans une poubelle, en définitive, prouvait quelque chose, et je me suis trouvé bien naïf. Oui, tout cela n'était-il pas ridicule ? Franchement, Marcello, tu dramatises, me suis-je dit à moi-même. Tu vas prendre la chambre d'hôtel, même si c'est pour quelques heures, te laisser couler un bon bain chaud, faire monter un repas, dans le genre sandwich-club et salade César, tu vas boire une bouteille de bourbon, aux frais de Lydia, ça se mérite, et puis, tu prendras tranquillement l'avion, sans oublier de confirmer le vol à Honorable. Ta tante t'aura laissé un chèque ? Quoi de plus normal ? C'est quand même ta tante, non ?

34

Le taxi commandé par Lydia attendait devant le hall de la résidence. Par la fenêtre, j'apercevais la silhouette du chauffeur devant sa voiture. Je suis sorti dans le couloir, j'ai revérifié mon billet d'avion. Tout est en ordre. Je suis revenu.

Ma tante se préparait cette fois à écrire le M de Marcello. Sa main était encore hésitante. J'ai compris alors que je devrais patienter avant qu'elle ne se décide enfin à écrire mon prénom, suivi de mon nom.

Le pas de l'auxiliaire de vie s'est fait entendre, et je suis sorti. Paméla n'avait rien à faire pour l'instant dans cette chambre. Je lui ai dit : Laissez-moi une seconde, Paméla, vous voyez bien que je suis avec ma tante, je lui fais mes adieux. Elle a répondu qu'elle attendait, mais pas plus de deux minutes. Elle a ajouté que je devais absolument descendre, saluer la directrice avant mon départ.

35

Ma tante commençait à rédiger. Je la guettais par la porte entrouverte. J'ai suivi de loin, une seconde, le tracé de la plume crissant sur le papier. Un premier trait penché. Continue, ma tante... ! : à l'ordre de... Je me suis approché : Tu marques Marcello Martini, n'oublie pas, je reviens dans une minute...

Je suis descendu en vitesse saluer la directrice. Qui ne s'est pas levée à mon entrée. Vu son sourire, elle ne semblait pas mécontente de me voir partir.

Lydia, elle, m'attendait à côté du taxi. À ses pieds, ma mallette, ce qui me dispensait de retourner à l'appartement, où je ne laisserais cette fois aucune trace. Aussi, j'ai considéré que ce geste de Lydia, se préoccuper de ma mallette, me faisait gagner du temps. J'ai quand même demandé à mon ex-femme pour quelle raison elle avait eu le souci de mon bagage, et j'ai compris, à l'instant même où je lui parlais, qu'elle s'assurait par ce geste que je monte au plus vite dans l'avion, et, n'hésitons pas à le penser, que je disparaisse à jamais de sa vie, peut-être même aussi, de la vie de sa fille. Ainsi, il devenait inutile de boire un dernier verre tous les deux.

Je me souvenais également de l'épisode du passeport, du souci de Lydia au téléphone : savoir si ce document était bien en sûreté dans ma poche.

D'ailleurs, j'ai vérifié la présence de mes papiers d'un geste machinal de la main à hauteur de ma poche-revolver. Elle m'a annoncé, avant de reprendre sa discussion avec le chauffeur, que la chambre était réservée, elle me disait adieu cette fois, sans doute, on ne se reverrait jamais. J'ai répondu que je retournais voir ma tante, enfin. Elle m'a demandé si tout allait bien, et j'ai dit : Pourquoi ça n'irait pas ?

J'en avais pour quelques minutes à peine. J'ai regagné l'étage, puis la chambre, poussé la porte. Ma tante était toujours sur sa chaise, penchée de côté. J'ai alors supposé qu'elle s'était endormie. Je l'ai prise doucement par l'épaule pour conforter son assise avec un oreiller posé sur le couvre-lit, soulever sa main et lire le chèque, mais elle s'est laissée aller. J'ai aperçu une tache fraîche d'encre violette sur le sol blanc. Le stylo était tombé, il avait roulé sous le siège. Je l'ai repris, la plume était abîmée, pourtant, au départ, j'avais bien placé le capuchon qui faisait contrepoids et protégeait la plume en cas de chute. J'ai reposé le stylo, et pris le chèque.

La ligne *à l'ordre de* était quasiment vide, elle contenait seulement le Monsieur, complet cette fois. Le M de Marcello, ou de Martini, à peine engagé. Mais suivi d'une tache d'encre en forme d'éraflure, due sans doute au dérapage de la plume sur le papier, qui se poursuivait vers le bas, recouvrait en partie la signature, la rendait illisible. J'ai serré ma tante contre moi, quelques secondes. J'ai alors pensé qu'il me serait difficile d'aller plus loin. Mais je désirais lui parler, je voulais qu'elle me dise quelque chose, l'entendre. J'ai songé à ma mère et au bouquet de fleurs jamais déposé sur sa tombe. J'ai composé le numéro de la directrice inscrit à côté du téléphone, en rouge, sur la liste des urgences, j'ai dit qu'apparemment, ma tante n'allait pas bien, qu'elle ne respirait plus.

36

Je me souviens de cela, encore : veiller à retenir une nouvelle fois le buste de ma tante en la replaçant contre l'oreiller, puis reprendre le chèque, et cette ultime tentative de ma part : rédiger à partir du M mes nom et prénom, en imitant l'écriture de Vicky : tracer chaque lettre comme je supposais qu'elle l'aurait tracée. J'ai donc commencé par le *a* de Martini, malgré l'état de la plume, puis le *r*. Songeant que le nom était plus important que le prénom, j'ai écrit le *t*, et le *i*, en accélérant le rythme, retrouvant cette habitude, que j'avais acquise au cours des années, de confectionner, y compris à la hâte et dans l'affolement, des faux en écriture, repoussant davantage ma tante dont le corps, replié sur lui-même, son visage à l'abandon, paupières closes, penchait en direction de la table et pesait sur mon avant-bras. Je lui parlais comme si elle m'entendait, sans que je me sois même rendu compte du déclic de la poignée et de l'ouverture de la porte : la directrice a fait un pas dans la chambre, elle a contemplé Vicky, terrifiée, joignant les mains. Puis elle a posé son regard sur moi. Enfin sur le chèque taché d'encre.

Qu'avez-vous fait, monsieur Martini ? Mais qu'avez-vous fait ? s'est-elle exclamée. Elle est sortie une seconde, puis est revenue. J'ai entendu un pas de course à l'extérieur, une sonnerie, l'alarme. La directrice s'est approchée de ma tante, elle a dit, avec un calme contenu, que je devais lâcher ce stylo. C'est un ordre ! aussi, je ne devais toucher à rien. Derrière elle, j'ai aperçu Paméla qui se précipitait vers le lit, saisissait ma tante par l'épaule. Elle aussi demandait ce que j'avais fait.

CET OUVRAGE A ÉTÉ ACHEVÉ D'IMPRIMER LE VINGT-DEUX JANVIER DEUX MILLE DIX-NEUF DANS LES ATELIERS DE NORMANDIE ROTO IMPRESSION S.A.S. À LONRAI (61250) (FRANCE)
N° D'ÉDITEUR : 6357
N° D'IMPRIMEUR : 1805158

Dépôt légal : mars 2019

DANS LA COLLECTION « DOUBLE »

Henri Alleg, *La Question.*
Vincent Almendros, *Un été.*
Yann Andréa, *M. D.*
Pierre Bayard, *L'Affaire du chien des Baskerville.*
Pierre Bayard, *Enquête sur Hamlet.*
Pierre Bayard, *Qui a tué Roger Ackroyd ?*
Samuel Beckett, *L'Innommable.*
Samuel Beckett, *Malone meurt.*
Samuel Beckett, *Mercier et Camier.*
Samuel Beckett, *Molloy.*
Samuel Beckett, *Watt.*
François Bon, *Sortie d'usine.*
Michel Butor, *L'Emploi du temps.*
Michel Butor, *La Modification.*
Éric Chevillard, *Les Absences du capitaine Cook.*
Éric Chevillard, *Du hérisson.*
Éric Chevillard, *La Nébuleuse du crabe.*
Éric Chevillard, *Oreille rouge.*
Éric Chevillard, *Palafox.*
Éric Chevillard, *Ronce-Rose.*
Éric Chevillard, *Le Vaillant petit tailleur.*
Julia Deck, *Viviane Élisabeth Fauville.*
Charlotte Delbo, *Auschwitz et après I. Aucun de nous ne reviendra.*
Charlotte Delbo, *Auschwitz et après II, III. Une connaissance inutile, Mesure de nos jours.*
Marguerite Duras, *Détruire dit-elle.*
Marguerite Duras, *Emily L.*
Marguerite Duras, *L'Été 80.*
Marguerite Duras, *Moderato cantabile.*
Marguerite Duras, *Savannah bay.*
Marguerite Duras, *Les Yeux bleus cheveux noirs.*
Marguerite Duras, Xavière Gauthier, *Les Parleuses.*
Marguerite Duras, Michelle Porte, *Les Lieux de Marguerite Duras.*
Tony Duvert, *L'Île Atlantique.*
Jean Echenoz, *Au piano.*
Jean Echenoz, *Cherokee.*
Jean Echenoz, *L'Équipée malaise.*
Jean Echenoz, *Les Grandes Blondes.*
Jean Echenoz, *Je m'en vais.*
Jean Echenoz, *Lac.*
Jean Echenoz, *Nous trois.*
Jean Echenoz, *Un an.*
Paul Éluard, *Au rendez-vous allemand* suivi de *Poésie et vérité 1942.*
Christian Gailly, *Be-Bop.*
Christian Gailly, *Dernier amour.*
Christian Gailly, *Les Évadés.*

Christian Gailly, *Les Fleurs.*
Christian Gailly, *L'Incident.*
Christian Gailly, *K.622.*
Christian Gailly, *Nuage rouge.*
Christian Gailly, *Un soir au club.*
Anne Godard, *L'Inconsolable.*
Bernard-Marie Koltès, *Une part de ma vie.*
Hélène Lenoir, *L'Entracte.*
Hélène Lenoir, *Son nom d'avant.*
Robert Linhart, *L'Établi.*
Laurent Mauvignier, *Apprendre à finir.*
Laurent Mauvignier, *Autour du monde.*
Laurent Mauvignier, *Continuer.*
Laurent Mauvignier, *Dans la foule.*
Laurent Mauvignier, *Des hommes.*
Laurent Mauvignier, *Loin d'eux.*
Marie NDiaye, *En famille.*
Marie NDiaye, *Rosie Carpe.*
Marie NDiaye, *La Sorcière.*
Marie NDiaye, *Un temps de saison.*
Christian Oster, *Loin d'Odile.*
Christian Oster, *Mon grand appartement.*
Christian Oster, *Une femme de ménage.*
Robert Pinget, *L'Inquisitoire.*
Robert Pinget, *Monsieur Songe* suivi de *Le Harnais* et *Charrue.*
Yves Ravey, *Enlèvement avec rançon.*
Yves Ravey, *La Fille de mon meilleur ami.*
Yves Ravey, *Un notaire peu ordinaire.*
Alain Robbe-Grillet, *Djinn.*
Alain Robbe-Grillet, *Les Gommes.*
Alain Robbe-Grillet, *La Jalousie.*
Alain Robbe-Grillet, *Pour un nouveau roman.*
Alain Robbe-Grillet, *Le Voyeur.*
Jean Rouaud, *Les Champs d'honneur.*
Jean Rouaud, *Des hommes illustres.*
Jean Rouaud, *Pour vos cadeaux.*
Nathalie Sarraute, *Tropismes.*
Eugène Savitzkaya, *Exquise Louise.*
Eugène Savitzkaya, *Marin mon cœur.*
Inge Scholl, *La Rose Blanche.*
Claude Simon, *L'Acacia.*
Claude Simon, *Les Géorgiques.*
Claude Simon, *L'Herbe.*
Claude Simon, *Histoire.*
Claude Simon, *La Route des Flandres.*
Claude Simon, *Le Tramway.*
Claude Simon, *Le Vent.*
Jean-Philippe Toussaint, *L'Appareil-photo.*

Jean-Philippe Toussaint, *Autoportrait (à l'étranger).*
Jean-Philippe Toussaint, *Faire l'amour.*
Jean-Philippe Toussaint, *Fuir.*
Jean-Philippe Toussaint, *La Salle de bain.*
Jean-Philippe Toussaint, *Nue.*
Jean-Philippe Toussaint, *La Télévision.*
Jean-Philippe Toussaint, *L'Urgence et la Patience.*
Jean-Philippe Toussaint, *La Vérité sur Marie.*
Tanguy Viel, *L'Absolue Perfection du crime.*
Tanguy Viel, *Article 353 du code pénal.*
Tanguy Viel, *Cinéma.*
Tanguy Viel, *La Disparition de Jim Sullivan.*
Tanguy Viel, *Insoupçonnable.*
Tanguy Viel, *Paris-Brest.*
Antoine Volodine, *Lisbonne, dernière marge.*
Antoine Volodine, *Le Port intérieur.*
Elie Wiesel, *La Nuit.*
Monique Wittig, *L'Opoponax.*